INVENÇÃO DE ONIRA

Invenção de Onira:
1ª ed. 1988, Ed. Cejup, Belém-PA
2ª ed. 1998, Ed. Cejup, Belém-PA (sob o título *Cabanos Capital Cabânia*)
3ª ed. 2009, Ed. LetraSelvagem, Taubaté-SP

Sant'Ana Pereira

INVENÇÃO DE ONIRA

LetraSelvagem

Direitos desta edição reservados à
Associação Cultural LetraSelvagem:
Praça Santa Cruz da Exaltação, 21 - Jd. Maria Augusta
12.080-540 – Taubaté-SP/Brasil. Tel: (55) (12) 3635-3769
letraselvagem@letraselvagem.com.br
www.letraselvagem.com.br

Editoração Eletrônica: Cesar Neves Filho
Capa: James Valdana
Desenho de capa e miolo: João Castilho Neto
Revisão: do Autor

Posfácio: Dedival Brandão da Silva

O logotipo LetraSelvagem *foi idealizado a partir de cerâmica Aruak, padrões utilizados nas bordas dos vasos, compilados por Koch-Grünberg em 1910.*

Dados Internacionais de Catalogação na Publicação (CIP)
(LetraSelvagem, Taubaté, SP, Brasil)

Pereira, Sant'Ana, 1936 -
Invenção de Onira / Sant'Ana Pereira —
Taubaté, SP: LetraSelvagem, 2009.
272 p.
1000 exemplares

ISBN 978-85-61123-03-1

1. Literatura Brasileira - Romance
I . Título CDD - B869.93

coleção gente pobre
Vol. 1

Por esses meus pequeninos
irmãos desvalidos

Durante mais de quatro anos convivi com Pilin, Suzel, Velho Aníbal, Francisco Pedro Vinagre, Lavor Papagaio, Conselheiro Trovão, Tapioca, Mulato, Gito Raiol, Migo, além de outros personagens. Foi uma experiência emocionante, nas minhas horas de solidão. Quem nos flagrasse em colóquios, julgar-me-ia ensandecido. Como Pilin, creio que, em estado onírico, por força de mero exercício mental, cheguei a admitir até haver descoberto a chave de ingresso no sonho planejado. Andamos em busca de um lugar e de um modo de viver ideais. Não encontramos o lugar, mas descobrimos Onira.

O Autor

I

As embarcações amanheceram em frente ao porto da vila. Nada menos do que cento e setenta e sete. Dali, da vila de Itaituba, à margem esquerda do rio Tapajós, um pouco mais acima Jacareacanga e as cachoeiras, começaria a grande retirada. Cinco horas da manhã, o primeiro a despertar, alguém bradou a notícia:

— Olha os navios, pessoal!

Efeito instantâneo, do chão onde se achavam deitados, cabeças e corpos se foram erguendo, a notícia repercutindo. Dentro em pouco, o trapiche não cabia mais ninguém. Ancoradas em fila indiana, a duzentos metros do porto, as embarcações constituíam o mudo espetáculo para quem caminhara dias e dias de distância ou pelo menos algumas dezenas de léguas de beiço. Mesmo aqueles que tinham vindo sem convicção se mostravam empolgados. A maioria, senão todos, jamais vira um navio tão de perto. Devia, pois, ser verdadeira a promessa dos legionários, promessa que, como toda promessa, tinha cheiro de fantasia.

Há menos de três meses atrás, entre incrédulos e desconfiados, ouviam da moça da cidade, como chamavam, esta história mais do que estranha aos seus ouvidos:

"Meu nome é Suzel. Eu e meus sete companheiros formamos uma pequena legião de voluntários, dispostos a ajudar o Governador da Província do Pará, o chefe supremo do movimento cabano, tenente-de-guardas-nacionais Francisco Pedro Vinagre, a realizar a corajosa empreitada de reunir toda a população na região mais farta, mais rica, mais salubre e mais exuberante da província. Uma nova capital está sendo construída e deve ser chamada de Cabânia. Em volta de Cabânia serão cultivados os campos agrícolas e pastoris. Quem quiser viver na agricultura, viverá na agricultura, quem quiser viver na pesca, viverá na pesca, quem quiser viver na criação de animais, viverá na criação de animais. A região para onde devemos ir oferece tudo quanto possamos querer para vivermos sadios, bem alimentados e felizes. E estaremos juntos, unidos e fortes, como uma grande família ou uma pequena nação, de modo a que sejamos respeitados quando a província imensa se tornar pequena para abrigar as levas de imigrantes vindas do Sol Nascente. Enquanto é tempo, temos que escolher e ficar com o melhor. Viver nestas paragens, a milhares de quilômetros do governo, é o mesmo que não ter governo. Se ficarmos dispersos, cada um pro seu lado, acabaremos escravos ou submissos dentro da nossa própria casa. Quem quiser pagar pra ver, que fique. Outros voluntários, outros legionários, como nós, estão neste momento anunciando a mesma mensagem em todos os lugares. Dentro de três meses começará a grande retirada. As embarcações chegarão ao porto da vila de Itaituba. Para ali devemos caminhar e de lá partir para Cabânia."

Três meses se haviam passado. As embarcações estavam ali. A fantasia virava realidade. Entre tanta gente amontoada no trapiche, magro, muito magro, esquálido mesmo, bochechas chupadas, rosto sem maçãs, pele tostada, nariz adunco, olhos famintos, sobrancelhas grossas, cabelos compridos e desalinhados, bigode mongol escorrido, barbicha de bode velho, Pilin se dava a própria mão à palmatória: "É, a moça bem que tinha razão; melhor assim. Se esses barcos não chegam, o que é que eu ia dizer pra toda essa gente?". Espremendo-se entre os espectadores amontoados ao longo do trapiche, Suzel chegou até onde se encontrava Pilin:

— Estão aí os gaiolas, seu Pilin. — Disse Suzel vitoriosa.

— Graças a Deus. — Respondeu Pilin. — E agora?

— Agora é esperar mais um pouco. Não demora muito vão começar a atracar.

Da beira do rio dava pra ver o movimento da tripulação dos gaiolas ancorados mais perto. Estavam arriando os escaleres dos gaiolas "Mundurucus" e "Cacique". Baixaram as escadinhas de corda e por elas foram descendo algumas pessoas até os escaleres. Naquela hora da manhã, o rio Tapajós era uma superfície plana e serena, esverdeada-azulada-esfumeada-transparente, uma bola de gude parada, dando pra ver a branca areia no fundo. Sem esforço, em poucas remadas, quatro escaleres atracaram, seis pessoas desembarcaram, subiram a rampa e assomaram, na plataforma. Dois dos seis trajavam a farda branca característica dos comandantes de navio. Suzel se adiantou para recebê-los. Um rápido diálogo. Mãos se estendendo em apresentações. Suzel retorna e, com a voz mais alta que pode:

— Atenção, pessoal. Este é o comandante Portilho. A partir de agora é ele quem toma as providências. Ele é quem vai levar-nos para Cabânia. Quero que confiem nele como confiaram em mim. Obrigada. A gente se encontra rio abaixo, na vila dos Tapajós.

O "até logo" de Suzel soou como abandono. Muitos dos que ali se encontravam não sabiam ao certo se deviam deixar mesmo para trás tudo quanto até já haviam deixado, mas ainda em tempo de retomar. Muito embora tudo quanto tivessem deixado fosse apenas um pedaço de rio, fosse o secular pé de castanheira plantado ao centro do povoado e em torno do qual o povoado se formara, fosse apenas o cachorro velho e mouco que não se animara a integrar-se na retirada ou fosse o mateiro Tobias, que só viria depois de cumprir a vontade de sua velha:

— Vão. Eu vou depois. A minha velha quer se enterrar neste chão que viu ela nascer.

— Mas, meu tio... — argumentara Suzel, insistira Pilin — não vai ficar ninguém, a gente carrega a tia Coló. Todo mundo está indo, você não pode ficar só.

— Não fico só, minha filha. Tem Deus por nós. Depois eu vou, se não ficar por aqui mesmo. Há de aparecer um cristão pra me enterrar.

As dúvidas e incertezas voltavam a tomar conta de cada um, transmitindo-se pela linguagem muda e contagiante do olhar. O ânimo, o sonho, a curiosidade incontida pelo novo e pelo desconhecido foram embora com a moça da cidade, que já sumia na primeira curva do Tapajós.

Bastaria um gesto, bastaria uma palavra para que todos, sem ficar nenhum, pegassem seus pertences e batessem em retirada, voltando às suas origens. Estavam ali amontoados, desconfiados, atentos e inquietos, como marrecas ariscas de beira de rio que, ao simples baque surdo do remo nas ilhargas da canoa que se aproxima, levantam vôo e fogem aos gritos para bem longe. Pilin observava. Sentia o clima de incerteza e insegurança. Estava atento a todos os gestos. Convivera três meses com a moça e seus companheiros. Acreditara nela. Gostara dela, de graça. Ajudara na doutrinação, a maioria das vezes fazendo-se intérprete da linguagem e da maneira adequada de fazer chegar a mensagem de Suzel aos destinatários rudes, afeitos a exemplos, comparações, histórias e procedimentos. Meia hora de discurso, Suzel satisfeita com a receptividade aparente do silêncio, Pilin traduzia em parábola e todos entendiam, acenando a cabeça afirmativamente. Suzel ficava intrigada. De começo, por mais que tentasse falar com simplicidade, constatava que ninguém entendera coisa com coisa. Aí, vinha o Pilin, falava a seu modo, que era o modo deles, e as pessoas entendiam, acenando com a cabeça. Um dia, Suzel interpelou Pilin:

— Escuta aqui, Pilin. Eu falo, falo e parece que

ninguém entende. Aí você cochicha e o pessoal diz que sim com a cabeça. Que é que há?

— A senhora num sabe, dona Suzel. — Esclareceu Pilin. — Essa gente paresque nunca teve escola. Num adianta dizer que o governo quer levar eles pra lugar salubre e exuberante. Num adianta falar que o governo quer que fiquem juntos, unidos e fortes, como uma grande família ou uma pequena nação. Eles num sabe o que é governo. Eles num sabe o que é nação. Tem que dizer que a senhora, não o governo, quer levar eles prum lugar igual a este, só que num tem paludismo, num tem febre, num tem tísica, num tem lepra, os rios têm tanto peixe como os daqui, só que num têm piranha nem têm arraia. Eles gostam daqui, num viram nada melhor, num tem com que comparar.

Suzel ouvira Pilin sem contestar. Estava perplexa. Qualquer dia perguntaria a ele sua verdadeira identidade. Parecia-lhe muito estranha a capacidade de análise e de crítica, muito embora em tudo o mais fosse igual aos outros. Quem estivesse a observar Pilin no átimo em que lhe ocorriam essas evocações, notaria a expressão quase imperceptível de riso, sinal externo de sua íntima satisfação ante a perplexidade de Suzel. Tanto quanto ou mais que ela sentia-se responsável por aquela gente ali amontoada à espera dos navios ora ancorados, que os transportassem para a terra da promissão. A moça acabara de cometer mais um erro grave na condução de pessoas que mal conhecia. Esquecera-se ou não percebera que entes não precisavam de nada mais além do que sempre tiveram. Bonita, simpática, envolvente, bem falante, ela, não suas promessas, não seu mundo fantástico encravado em qualquer lugar da imensa Amazônia, era a fonte de energia dos ânimos. E lá se fora, dobrando a primeira curva do Tapajós, a fonte de energia dos ânimos. As poucas palavras que dirigira aos retirantes, simplesmente apresentando o comandante Portilho, eram decerto insuficientes demais para manter-lhes a disposição que os conduzira até o porto de Itaituba. E Suzel não pedira a nenhum deles que a substituísse no trato direto e mais íntimo com os demais. Nem sequer a Pilin, companheiro e colaborador de todos os instantes. Em meio às evocações embaralhadas que lhe acorriam, uma mágoa mais profunda retivera Pilin de agir de imediato para evitar a debandada iminente. "Então é assim — pensava Pilin — você me usa o tempo todo, eu acreditando que sou gente, que me considera um pouco, e você vai embora, não me diz nada em particular, faz me sentir partícula ínfima da massa humana disforme". Sem saber bem por que, se por força do próprio ressentimento, se em razão de algum sentimento indefinido germinando no coração, Pilin se moveu. Conhecendo de que atitude cada uma daquelas pessoas seria capaz, aproveitou-se da indiferença do comandante Portilho, que, mal Suzel se afastara, se entretinha em interminável conversa com seus companheiros, para achegar-se de cada grupo familiar, integrando-se aos cochichos, enquanto fervia o chá de folha de laranjeira e se desempalhava o beiju de mandioca, em preparativos à primeira refeição do dia. Perante cada família, Pilin se comportava como substituto autorizado da moça. Sem dar oportunidade a que manifestassem suas dúvidas e incertezas, dava instruções, orientava, recomendava, transmitia confiança, bom humor e ânimo, erguendo o moral. Sob as vistas gerais, altivo e seguro, dirigiu-se ao comandante Portilho, falando, gesticulando, ouvindo, falando de novo, assumindo assim a liderança dos retirantes. Voltando ao grupo, anunciou, agora em voz alta: "Vai começar a operação".

II

Os gaiolas Mundurucus e Cacique atracaram no diminuto trapiche. Os retirantes já começavam a movimentar-se, cada grupo arrumando seus teréns. Pensavam talvez que era só embarcar. E tinham pressa, depois de tanta expectativa. Mas os tripulantes desembarcaram mais rápido e se aproximaram. Veio a primeira voz de comando:

— Fiquem todos onde estão. Vamos fazer uma revisão médica. Quem receber uma ficha verde embarca no Mundurucus. Quem receber uma ficha amarela embarca no Cacique. Entenderam?

O tom de voz era firme e duro. O comandante Portilho parecia homem de pouca conversa. Baixinho, entroncado, brancão e vermelho, bigodinho antipático, cara de durão e nenhuma amistosidade. Os olhares se voltaram para a frágil figura de Pilin, postado um pouco atrás do comandante. Mesmo sem entender, fez um leve aceno positivo de cabeça. Voltando-se para os três tripulantes, que o acompanhavam, disse o comandante Portilho:

— Comecem.

Com ares de médicos e enfermeiros, os tripulantes abriram as maletinhas que portavam e deram início ao mais inusitado processo de triagem. Ali mesmo ao relento começaram o trabalho. Primeiro foi a família de Raimundo Ferreira. Eram cinco pessoas, mais o cachorro.

— Seu nome? — Perguntou o chefe da equipe.

— Raimundo.

— Raimundo de quê?

— Raimundo Ferreira.

— De onde veio?

— Tamos vindo do Rio das Tropas.

— Onde fica isso?

— Num fica muito longe.

— Que fazia lá?

— Tava tirando copaíba e procurando ouro.

— Ouro?

— É. Ouro, sim senhô.

Ante o espanto do interlocutor, Raimundo fez questão de provar. Tirou do saco de serrapilheira uma garrafa de óleo cristalino de copaíba.

— E o ouro?

Raimundo ficou desconfiado. Olhou para os lados. Sentiu-se seguro, percebendo que as outras famílias estavam atentas. Do saco de serrapilheira tirou um saco menor.

— Tá aqui.

— Abra. — Mandou o chefe de equipe.

Raimundo abriu o saco. O chefe de equipe examinou.

Voltou-se comprometedoramente para os companheiros, pegou o saco, testou o peso e entregou de volta. Prosseguiu:

— Onde encontrou isso?

— No igarapé Cuiu-Cuiu.

Estava terminado o exame médico. As cinco pessoas da família de Raimundo Ferreira receberam ficha verde. A seguir, foi a vez da família de Estêvão da Silva. O processo começou igual, mas terminou diferente. Estevão da Silva, mulher, dois sobrinhos e quatro filhos menores de 10 anos, estavam chegando de Barreiras, lugar distante a 64 quilômetros. Estêvão e os dois sobrinhos receberam fichas amarelas, a mulher e os quatro filhos ficaram com fichas verdes. Veio a família de Pedro Raiol. O aspecto dos dez componentes da família era dos piores, todos com sintoma de impaludismo, cor de terra amarela, inchados, alguns tiritando de frio, com acesso de febre, justamente na hora do exame. Nenhum recebeu a ficha, nem verde nem amarela. Da família de Zé Cuia, três receberam fichas verdes, dois receberam fichas amarelas, um não recebeu ficha. E assim se passou o dia inteiro, o dia seguinte, mais outro dia. Já quase ao término do trabalho, Pilin, desconfiado do procedimento, tirava conclusão: os portadores de fichas verdes tinham aspecto saudável, os portadores de fichas amarelas não estavam tão bem. Já os que não haviam recebido ficha exibiam aspecto deplorável de subnutrição, malária, lepra, tuberculose. Até os raquíticos ou de constituição franzina, como era o caso de Pilin, estavam discriminados. Sem que deixasse a ninguém transparecer a dúvida que lhe assaltara o espírito, Pilin procurou pelo comandante Portilho. Foi aos gaiolas. Não estava lá. Saiu perguntando. Tinha sido visto, com mais quatro tripulantes, admirando a fonte de águas térmicas. E ali efetivamente Pilin foi encontrar o comandante.

— Com licença, comandante. — Interferiu Pilin.

O comandante voltou-se, mirou a esquálida figura, de cima abaixo, medindo-lhe a insignificância exterior.

— Que é que você quer? — Respondeu.

— Num é nada não, o senhor num sabe?

— Então vá andando.

— Nós só queria saber quando os barco sai, o senhor num sabe?

— Quando chegar a hora, vão saber.

— O pessoal estão perguntando por que tem uns cum umas ficha verde, tem utros cum ficha amarela e tem uns sem ficha, o senhor num sabe? E o senhor mesmo disse que ficha verde vai no Mundurucus e que ficha amarela vai no Cacique. E quem num tem ficha?

O comandante conferiu com os outros tripulantes sua própria surpresa. Como geralmente acontece com gente da cidade, estava pensando que caboclo é besta, confundindo falta de instrução com falta de inteligência. Não deu resposta direta, saiu por evasivas, Pilin voltando ao ataque:

— Paresque o senhor num reparou que o pessoal num vai querer ficar separado em viagem tão longa. Adespois, o pessoal quer saber onde vai o pessoal sem ficha, o senhor num sabe?

O comandante Portilho virou de costas, aproximou-se da fonte, molhou a mão, passou-a no rosto suado e murmurou baixinho aos seus companheiros:

— Agora só faltava esta, este tuberculino fazendo perguntas.

Voltou-se muito amistoso para Pilin.

— Fique tranqüilo, meu amigo. Sabemos o que estamos fazendo e tudo o que vai ser feito obedece ao que foi orientado pelo próprio governador da província. Pode confiar.

Indiferente ao efeito que suas palavras tivessem provocado no espírito de seu inquisidor, passou-lhe a mão pelo ombro e fez questão de passear em frente dos olhares curiosos das famílias agrupadas cada uma à sombra da árvore que as abrigara da inclemência do sol das 10 horas da manhã. Convicto de que as indagações estivessem interpretando a inquietação das famílias, o comandante ficou certo de que sua atitude amistosa, a mão direita ainda passada por sobre o ombro de Pilin, estaria respondendo às dúvidas e às desconfianças. Levou-o para bordo do Mundurucus. A atitude astuta de Portilho teve, porém, outro efeito, de qualquer maneira muito positivo: os retirantes confirmaram-se mutuamente, em sua linguagem muda de olhares, a definitiva liderança de Pilin. E entregaram-se despreocupados à faina sagrada daquela hora: o preparo da bóia. E, assim, poucos foram os que perceberam quando, uma hora depois, o comandante Portilho, dois tripulantes e Pilin tomaram o caminho que, partindo de trás da pequena Igreja de Sant'ana, onde o padre Mateus da Silva Franco vinha duas vezes no ano rezar missa, fazer batizado e casamentos, ia ter ao povoado de Paraná-Mirim, a cinco quilômetros de terras argilosas, na mesma margem do rio Tapajós.

III

As aracuãs ainda não haviam piado o fim da madrugada quando, a um só tempo, as cento e setenta e sete embarcações começaram a apitar, dando prematuramente o dia à luz. Imagine-se o silêncio absoluto, tudo quieto, tudo dormindo, de súbito, um estridente, forte, ensurdecedor ruído, para que se tenha idéia do susto que tomaram os retirantes. Teve gente que, de um salto, ficou de pé, como se tivesse recebido forte descarga elétrica no espinhaço. Teve gente que saiu gritando que era o fim do mundo. Cachorros latindo. Mulheres gritando. Escuridão. Acende lamparina. O ruído persistindo. Que é que tá acontecendo? Até que, cessado o apito, os retirantes despertos, novamente o silêncio e a voz de comando:

— Muito bem, pessoal. Daqui a pouco começa o embarque.

E uma hora depois começava o embarque. Pequeno exército de tripulantes do gaiola Mundurucus se postou ao longo do trapiche. Um dos tripulantes deu a ordem:

— Primeiro o pessoal de fichas verdes. Vamos fazendo fila pessoal.

Do meio do amontoado de retirantes veio o pedido de socorro:

— Cadê o Pilin?

A indagação passava de boca em boca. Cadê o Pilin? Não se encontrava o Pilin. Ninguém sabia. Ninguém dava notícia. E ninguém também se movia. Novamente a ordem:

— Vamos, pessoal, vamos, é pra hoje. Primeiro os fichas verdes.

Como ainda nenhum se movesse, os tripulantes, a um sinal do chefe, se infiltraram, para induzir à ação:

— Tu aqui, mostra a ficha. Ficha verde. Pra frente. O senhor é ficha amarela, vai esperar um pouco. Você, moça, ficha verde, entra na fila. Vamos, ficha verde entre na fila, ficha amarela espera. Vamos com isso. Vamos, meu tio, vá entrando, vamos.

As famílias começavam a dividir-se. A intranqüilidade aumentava à medida em que a fila dos fichas verdes ia crescendo. Os tripulantes não davam tempo nem oportunidade para indagações. Alguém se lembrou de ter visto Pilin tomando o caminho de Paraná-Mirim em companhia do comandante Portilho e alguns tripulantes. A observação se propagou como fogo na coivara. E os olhares ansiosos se voltaram para a boca do caminho próximo à igreja. Mas não surgia vivalma. Cabeça da fila, uma jovem mulher ficha verde, com o filho no colo, gritou desesperada pelo marido, quando recebeu ordem de embarcar no Mundurucus. Não houve argumento que a fizesse embarcar. O chefe da operação se dirigiu a ela amistosamente:

— Ninguém precisa fazer aquilo que não quer. Se você não quiser ir, não vai, pode sair da fila e ficar.

— Eu quero ir — respondeu a jovem mulher — mas o pai do menino tem que vir também.

— Cadê o pai do menino?

— Tá ali.

O pai do menino se apresentou. O chefe pediu que mostrasse a ficha. Era ficha amarela. O chefe esclareceu:

— Ficha amarela vai embarcar no gaiola Cacique, mas vamos sair daqui todos juntos.

— Por que não pode ir junto comigo e o menino?

O chefe não deu resposta imediata, ficou olhando para a moça, como que a avaliar se devia ou não devia esclarecer. Contrariado, a vontade que tinha era dizer que era ordem e pronto. Passeou a vista sobre o grupo, medindo a capacidade de reação.

Deteve a atenção sobre cada um. Estimou que a contrariedade estivesse expressa no porte ou no olhar agressivo, cada pessoa se acuando ou procurando brecha para se enterrar no instante em que se sentia observado. Este rosto macerado, aquele cabelo dormido, este vestido roto, aquele nariz de criança breado de catarro, o grupo todo mais parecendo amontoado de órfãos desvalidos amenizou a atitude do furriel Ribeira. Um misto de pena e ternura invadiu o espírito do rude furriel e acabou por romper-lhe a couraça. "Tudo bem — pensou — mas não posso mudar as ordens". Dirigindo-se ao grupo:

— Vocês não precisam ter medo. Estamos indo para o mesmo lugar, porque queremos, vamos ficar juntos daqui pra frente, podem confiar em mim. O pessoal de ficha amarela vai no Cacique porque precisa de tratamento dos médicos, mas vamos partir na mesma hora. Quem for ficando bom passa pro Mundurucus rio abaixo, quando pararmos na vila dos Tapajós.

O furriel tinha cara honesta, que inspirava confiança. Ninguém se lembrou que o comandante era um tal de Portilho, muito do metido a besta, que mal lhes dirigira a palavra, sumira mato adentro, levando Pilin consigo. Ninguém se lembrou, vírgula, menos o Velho Aníbal, que teve vontade de perguntar, mas não perguntou, o que seria do pessoal sem ficha verde nem amarela como ele. Tratou de conferir suas plantas medicinais, arrumadas em padiolas feitas de varas curtas, alimentando a esperança de que embarcaria no Cacique, para ajudar a tratar dos doentes.

A operação prosseguiu sem mais incidentes, até quatro horas da tarde, quando o último ficha amarela embarcou no Cacique, que imediatamente desatracou do trapiche, afastou-se e lançou âncora a uns 200 metros da beira do rio, junto do Mundurucus. Em terra só ficaram os velhos, os tuberculosos ou muito magros, os leprosos, os portadores de feridas pustulentas, os inchados, os dementes e os aleijados. A noite não se fez por esperar. Já começavam a passar, de onde sabe lá pra onde, os bandos organizados de garças, papagaios, araras, marrecas e periquitos, quando as embarcações começaram a apitar. A bordo do Mundurucus e do Cacique se espalhou a explicação de que se saudava a hora da ave-maria. Em terra, era a sensação do abandono e do adeus. Para mais além da vila de Itaituba, o apito das embarcações repercutiria como aviso. E antes que o dia de uma vez se fosse, das embarcações e do porto da vila todos ainda puderam perceber ao longe, por sobre as copas das árvores, densas colunas de fumaça se confundindo com a noite.

IV

Pilin caminhava na frente do grupo. A uns dez metros atrás vinha o comandante Portilho, seguido por Roque e Bonifácio, tripulantes do gaiola Palhaço. Haviam parado em todas as taperas abandonadas pelos retirantes e em cada uma Roque e Bonifácio cumpriam o mesmo ritual, depois que o comandante terminava a inspeção: juntavam gravetos, reuniam palhas secas, encontravam um vasilhame qualquer dentro ou fora da tapera, enchiam o vasilhame de querosene, ateavam fogo e corriam para assistir à ação do fogo. Pilin os observava, percebendo-lhes a expectativa nervosa do que iria acontecer. Filete de fumaça, fumaça fina, fumaça grossa, fumaça preta, por fim o fogo e os três rompiam em gargalhada sonora, que nunca mais terminava. Mais de cinco horas da tarde, as sombras se alongando, estavam prestes a chegar à tapera do mateiro Tobias. "Estranho comportamento o desses três", pensava Pilin, cada vez que, de soslaio, olhava para trás. "Não gosto de cochicho. Afinal de contas, que é que estão querendo?". "Não confio nessa gente; tenho impressão de que estão tramando uma maldade maior". Pilin parou de repente e esperou que se aproximassem:

— Para onde vamos, comandante? Já é noite, eu vou voltar.

Os três o encararam, entreolharam-se, voltaram a encarar Pilin e explodiram de repente em debochada gargalhada, como se voltassem a deleitar-se com novo incêndio.

— Vamos em frente. — Ordenou o comandante.

Pilin não moveu um passo. Não fosse a inexpressividade de seu físico e teriam os três, juntos, temido, sem dúvida, a reação violenta, tal a força interior que emanava do homem. Naquele instante, Portilho confirmou para si mesmo a intuição que o levara a afastar Pilin do meio dos retirantes, convencendo-se de que, com este presente, jamais conseguiria levar a cabo a missão da qual fora incumbido ou pelo menos não a realizaria da forma como, à revelia do comando central, determinara que se operasse. Àquela hora, já deviam estar embarcados os sadios e os recuperáveis. Logo mais estariam partindo, livres de suas mazelas. "Se vamos construir um mundo novo", pregava Portilho, "pra que carregar a velhice e a doença insanável?".

— Vamos em frente. — Repetiu o comandante.

Desta vez, o tom era ameaçador. Aqueles três incendiários, saídos do fundo do inferno, dispostos a tudo, Pilin ponderou a adversa situação. Mesmo cônscio de que estaria apenas adiando um incidente total, enfrentou o olhar esbugalhado do comandante, cuspiu tabaco mascado a três metros de distância, deu-lhe as costas e seguiu a trilha que meia hora depois encontraria a tapera do mateiro Tobias. Mata fechada, seis horas da tarde, já era noite. Tapera aberta, japá do lado de fora, escuridão vinda de dentro, nem sinal de vivalma. Mesmo assim. Pilin anunciou a chegada:

— Ô de casa.

O velho Tobias apareceu à porta.

— Quem é?

Pilin se identificou. O velho Tobias se admirou:

— Então não pegaram o navio?

— Ainda não. — Respondeu Pilin.

— E quem são esses?

— São do navio.

— Ah! Sim.

Quando Pilin perguntou pela tia Coló, o velho mateiro indicou a rede com os beiços, gesto não percebido na escuridão. Pilin indagou pela lamparina. O querosene acabara, não havia mais onde arranjar, todo mundo fora embora, agora só luz de lua, daqui a pouco ela sairia e ficaria bem claro.

— Pegue a lamparina, velho. — Ordenou Portilho. — Aqui tem o querosene.

Entrando na tapera, Portilho recuou de repente, tapando o nariz.

— Que cheiro ruim é este? — Indagou.

A lamparina foi acesa, Pilin entrou. Percebeu o odor característico de cadáver em início de decomposição. Dirigiu-se até a rede armada. Espantou-se:

— Mas a tia Coló está morta, tio Tobias.

— É, meu filho. Ela morreu... Ela morreu...

Pilin se demorou a olhar o mateiro ali parado, em pé, ao seu lado, pele morena ressequida e curtida de sol, olhos fundos e secos, incapazes de dar passagem a uma gota sequer de emoção. Desde que chegara por tão longínquas paragens, não se lembrava Pilin de ter flagrado naquela gente qualquer manifestação exterior de angústia ou desespero. Nem doenças, nem dor, nem morte, desgraça nenhuma da vida pareciam maiores que o seu conformismo. A voz de Portilho quebrou o silêncio: "É preciso enterrar a morta". Pilin reagiu: "A esta hora da noite?". E Portilho: "Não vou passar a noite aqui fazendo quarto pra defunto". Um relâmpago clareou o interior da tapera. A seguir, o estrondo do trovão repercutiu na mata fechada. No instante do lampejo, como em *flash*, Pilin captara as carrancas de três demônios, parecendo-lhe Portilho o próprio Lúcifer. Sentiu arrepios. Ponderou a idéia que súbito lhe ocorrera. Recalcou a vontade de investir no escuro contra os três. Disse: "O comandante tem razão, tio Tobias. É preciso enterrar a tia Coló". Tobias reclamou: "A noite está muito escura, vem muita chuva, deixa pra de manhã". O olhar firme e significativo de Pilin convenceu o mateiro do contrário. "Está bem", conformou-se. Tobias desarmou a própria rede surrada e, como se fora o mais alvo dos lençóis, com ela embrulhou o cadáver da cabeça aos pés. Pilin trouxe um caibro. Sem dificuldade, desarmaram a rede da defunta e amarraram no caibro, pelos punhos. Caibro nos ombros, pelas extremidades, a rede balançando, Pilin na frente, tocha de resinas acesas, Tobias atrás, enxadeco na mão, saíram, ultrapassaram o terreiro, tomaram uma das cinco picadas que vinham ter à tapera, deixando por rastro a escuridão. A chuva caía grossa sobre as copas das árvores, respingando goteiras no chão. Os dois prosseguiram, apressados, em passos miúdos, olhos atentos na quase imperceptível picada que palmilhavam. Tomaram o primeiro atalho. Agora o vento fustigava os galhos. Trovões. Relâmpagos. Estrondos de troncos caindo próximo. Mesmo assim, o féretro seguia. Quando o atalho varou em outra picada, a chuva já estava fina, o vento se acomodara e mais de uma hora havia de caminhada.

— Ei, tio Tobias. — Gritou Pilin. — Agüente firme. Vamos dar enterro decente à tia Coló. Garanto que aqueles vermes não sabem voltar sozinhos, nem de dia, que dirá de noite.

— Ei, tio Tobias. — Insistiu Pilin. — Está cansado? Ouviu o que eu disse?

— Ouvi sim, meu filho. Pra onde vamos?

— Como, tio Tobias? Não sabe aonde vai dar esta picada?

— Vai dar nas terras da missão.

— Não, não, esta vai dar em Itaituba. A gente chega lá, deixa o dia amanhecer, faz um enterro decente e ninguém vai mais pra canto nenhum, volta todo mundo, fica por aqui mesmo. Esse comandante é maluco e perverso.

— Está bem, meu filho, mas esta picada não vai para Itaituba.

Pilin titubeou. Afinal de contas, Tobias é que era o

mateiro. Logo se convenceu, porém, de que mateiro também se engana. E preferiu seguir na mesma picada, já passada de todo a chuva, a lua saindo tão clara que parecia o dia chegando.

V

Com a chuva grossa e demorada da noite, madrugara frio e neblina no porto de Itaituba. Pelo chão ainda permaneciam deitados, enrolados em seus trapos, os oitenta e dois largados e abandonados. Já não se separavam em grupos familiares. Unidos pelo mesmo sentimento de revolta, formavam um bloco coeso que, após a partida das cento e setenta e seis embarcações, ficaram até quase madrugada queixando-se uns com os outros, mantidos pelo fio de esperança do retorno de Pilin, a qualquer momento. Foram vencidos pelo frio e pelo sono, quase certos de que aquele comandante e seus comparsas haviam dado fim no companheiro. O gaiola Palhaço, ancorado a distância, com tripulantes a bordo, passara a constituir-se o barco do medo, uma luz bruxuleante ali no meio do rio. O Velho Aníbal, a voz pausada e cansada, era o único que parecia manter-se sereno, repetindo a todo instante que deviam ter fé em Deus, deixassem amanhecer, iam ver que o Pilin daria um jeito no comandante, voltaria são e salvo e dava solução. Ouvia lamentos e contrariedades: "O senhor diz isso pra conformar"; "o senhor diz isso porque não tem parente"; "o senhor diz isso porque não é doente"; "o senhor diz isso porque sabe se curar". Quando o cansaço venceu o desespero e já não se ouvia gemido dos que penavam mal dolorido, o Velho Aníbal foi até a beira do rio dar uma olhada nas suas plantas. Só ele sabia quanto trabalho lhe dera trazer todas aquelas mudas, que talvez não agüentassem mais um dia de sol intenso. Precisava revolver a terra dos paneiros e umedecê-las apenas o suficiente. Era muita planta. Jambu, lima, mamão, sacaca, pedra-ume-caá para curar colesterol. Abacateiro, ipê-roxo, sucuba, pariri, barbatimão para combater inflamações. Quebra-pedra, língua-de-vaca, canarana, jamaracaru, mendoca, borboleta, alfavaca, vassourinha para preparar diurético. Chicória, beterraba, salsa, espinafre, verônica para combater anemia. Castanheira, celidônia, cafeeiro, amor-crescido para combater hepatite. Banana-são-tomé, sucuba, marupazinho para acabar com cogumelo. Mururé para aliviar reumatismo. Urucu e pião-branco para acabar com alergia. Camembeca, babosa, vassoura-de-botão, maxixe para combater hemorróidas. Alpiste, alho, comida-de-jabuti para não deixar dar derrame. Mastruço, mucuracaá, algodoeiro, pirarucu, panamá, jucá, amapá para combater doença do pulmão. Babosa para erisipela. Japauá e melão-de-são-caetano para dar força nos cabelos. Casca-preciosa para desarranjo do intestino. Ipeca, japana-branca, jamaracaru, cebola, apihy, angico, jutaí, gengibre para acalmar a tosse. Carucaá para abrir o apetite. Catinga-de-mulata para doença do coração, para derrame e banho. Arruda para dor de cabeça, aborto e dor de ouvido. Corrente para diarréia. Amor-crescido, para baque e reumatismo. Sucuriju para baque e para os rins. Amansa para amansar marido. Cabi para banho de descarga. Cipó de alho, para banho de descarga. Cheiro forte, cheiro bom, o Velho Aníbal revolvia a terra, regava as plantas, murmurava palavras confusas, como se estivesse rezando ou conversando, a mão leve limpando ou acariciando as folhas. Não tivera mulher, nem ninguém, só as plantas, que eram a sua família. Como os que haviam partido e como os que dormiam, Aníbal se deixara contaminar com a pregação de Suzel e resolvera integrar-se na retirada em busca de Cabânia, mas iria com suas plantas, não com todas, mas pelo menos a muda de cada uma. Com elas se sentia importante e útil na comunidade. Principalmente a maioria dos que agora dormiam era nas plantas do Velho Aníbal que encontrava o bálsamo de suas mazelas. Terminada a faina a que se entregara com a mesma disposição de quando começara duas horas atrás, Aníbal se deu conta dos primeiros clarões do dia, bateu a terra preta das mãos, voltou para debaixo da frondosa samaumeira em torno de cujo tronco dormiam os companheiros. Deixou-se ficar vigilante como pastor de ovelhas. Fazia anos que não dormia mais do que uma hora por dia geralmente à boca da noite. O resto do tempo passava-o cuidando das plantas, fazendo xarope, colhendo cascas, ralando pau, preparando banho. Vez ou outra se metia a semana toda no mato, à espera de caça mais arisca que lhe desse de comer por mais de mês. A muda de mastruço que acomodara bem no pé da samaumeira, entre duas grossas raízes expostas, parecia mais um filho do que uma planta qualquer. Fora a única muda que merecera engradado em torno do paneiro em que estava plantada. O Velho Aníbal ficava horas seguidas de olhos fixos na planta, em atitude de profunda contemplação, da qual ruído nenhum conseguia tirá-lo. O pé de mastruço já estava agora com mais ou menos quinze centímetros. Se lhe fosse perguntado, com certeza confirmaria que, nos transes contemplativos, chegara a perceber momentos de crescimento do vegetal. Talvez que, se, por descuido, aquela muda tivesse sido embarcada em uma das cento e setenta e seis embarcações que foram embora, o Velho Aníbal não estivesse tão sereno, em contraste com o desespero que tomara conta dos desgraçados que dormiam, uns sem os pais, outros sem os filhos, alguns sem suas mulheres, algumas sem seus maridos, a família dividida por obra e graça do maldito comandante.

Mal se sentara ao lado do engradado de mastruço, antes que se quedasse em longa contemplação, o Velho Aníbal entrou em sobressalto. Levantou-se assustado. Podia jurar que vira um facho de luz em movimento na mata densa que se estendia a partir dos fundos da igreja. Mas fora tão rápida e repentina a visão da luminosidade que já ficara em dúvida se fora real. Manteve-se, porém, atento. Um minuto depois se desfez a dúvida. Alguém estava chegando pelo caminho por onde dias atrás tinham vindo os retirantes. Pôs-se a acordar uma a uma das pessoas do grupo:

— Acorda, acorda! Tem gente chegando!

Todo o grupo se pôs de pé, uns com facas, outros com terçados, pás e enxadas nas mãos, em atitude firme de defesa contra o inimigo comum: o comandante Portilho e seus homens. A luz se aproximava intermitente. Já agora era constante. Sumiu por segundos. Surgiu ao lado da igreja. Quase a um só tempo, o grupo desfez a tensão:

— É o Pilin! É o Pilin! É o Pilin!

Foram-lhe ao encontro, quase correndo. A poucos metros pararam. Pilin gritou:

— Vamos! Ajudem! A tia Coló está morta!

VI

Creio em Deus Pai, Pai Nosso, Ave Maria, Mistérios Dolorosos. Ó Maria Concebida sem pecado. Ó meu Jesus, perdoai-nos, livrai-nos do fogo do inferno, levai as almas todas para o céu, socorrei principalmente as que mais precisarem, Salve Rainha Mãe de Misericórdia, as mulheres puxavam as rezas em intenção da tia Coló, o corpo estendido no centro da igreja, que Pilin fizera abrir àquela hora de fim de madrugada. A um gesto com o dedo indicador da mão direita chamando para si, Pilin saiu da igreja. Os homens foram saindo, um a um, enquanto as mulheres entoavam a ladainha, mistura de português, latim e sabe lá o quê, onde de autêntico só se ouvia a Santa Maria. *Virgo Predicanda* era "enverga o pé de banda". *Causa nostrae letitiae* era "Casa da nossa Letícia". O coro respondendo: "o gato é nós", em lugar de *ora pro nobis.*

Os homens se reuniram em torno da samaumeira, de onde malmente se ouvia o tom das rezas.

— Entonces? Cadê os navio? Cadê os outros? —

Indagou Pilin.

O Velho Aníbal fez o relatório. Ao tempo em que falava, a voz pausada e cansada, Pilin avaliava o estado físico de cada um, se mal lhe permitia a pouca luminosidade de um facho de luz. O relatório não omitiu detalhes. Para cada fato, o Velho Aníbal invocava o testemunho de uns e outros, que não o deixassem mentir. A confirmação se expressava em categórico "anham" e o menear positivo das cabeças. Sentindo o dia cada vez mais próximo, já ciente de tudo, meia hora depois, Pilin interrompeu o relato do Velho Aníbal no exato momento em que indagava: "O que é que nós faz agora?".

— Vamos agir.

Pilin contara trinta e sete homens; mais o tio Tobias, que estava na igreja, trinta e oito; mais o próprio Pilin, trinta e nove. As quarenta e três mulheres, mais o tio Tobias, cuidariam do enterro, antes do amanhecer. Dos que lhe pareceram em estado menos crítico destacou sete chamando pelo nome de cada um.

— Vocês vêm comigo.

Afastaram-se alguns metros. Pilin parou. Voltou-se para o diminuto grupo.

— Você, Raiol, você fica na responsabilidade. Apanhem faca, enxada, terçado, cacete, espingarda e munição. Peguem o caminho que entra atrás da igreja, avancem como quem vai pra tapera do tio Tobias. Se encontrarem o comandante e os que estão com ele, dêem seu jeito. Prestem atenção ao apito do gaiola, quando ouvirem, é o sinal, voltem ligeiro.

Raiol ensaiou perguntas, não estava entendendo sobre o apito do gaiola.

— Não dá tempo pra explicar — interrompeu Pilin — quando ouvirem apito, voltem ligeiro. Agora vão depressa.

Pilin retornou ao grupo maior de trinta homens. Reavaliou-lhes o estado. A aparência era deplorável. Tísica, lepra, doença-de-são-guido, aleijões de nascença, macrocefalia, nanismo, mutilações de mãos, pernas, braços e orelhas, a miséria humana estava ali muito bem representada. Por instantes, Pilin teve de conter a revolta interior. "Se vamos construir um mundo novo, pra que carregar a velhice e a doença insanável?", o pensamento do comandante se fizera prestes a consumar-se em fato. "Que fique a perversidade a disputar na selva seu melhor lugar com as feras; para um mundo novo também irão os velhos e os doentes, parte inseparável da família e da humanidade", refutava Pilin mentalmente. Falou para o grupo:

— Precisamos tomar aquele navio!

Ninguém disse nada. Na expressão dos rostos, porém, era como se dissessem:

— Mas cumo?

Dos trinta homens Pilin separou os dez leprosos, mandando que embarcassem no escaler do gaiola amarrado no trapiche. "Vão, me esperem lá", induziu.

— Você, Gito, você fica na responsabilidade por aqui. O enterro da tia Coló tem que ser agora, antes do amanhecer. Depois todo mundo pra beira do rio. Peguem pau, enxada, facão, tudo o que puderem e não deixem nenhum tripulante do Palhaço botar o pé em terra.

— Mas cumo, seu Pilin? — Reagiu o Gito.

— Vamos botar aqueles macacos dentro d'água!

— Faça o que eu digo. Agora. — Sentenciou Pilin.

Mesmo sem entender, Gito assumiu o comando dos vinte:

— Vumbora, vumbora! Num viram o que seu Pilin mandou fazer?

Pilin permaneceu ainda por alguns instantes no mesmo lugar, em mudo apoio ao comando de Gito. Quando teve certeza de que fariam exatamente como mandara, dirigiu-se apressadamente, quase correndo, para o porto onde, no escaler do comandante, o aguardavam os leprosos, sem saber pra quê. Desamarrou o bote, botou um pé pra dentro, com o outro deu forte empurrão, embarcou de vez, passou a mão no remo, foi para a popa e tomou a direção do gaiola, ancorado lá em frente. Deu algumas remadas. Parou. Ficou agüentando apenas a força da correnteza. Na mata próxima, alvoroçada, toda a fauna estava desperta só esperando a hora de pular da cama, logo mais quando se fosse o restinho de noite, o finzinho da madrugada. Mesmo amontoados, colados uns aos outros na pequena embarcação, ainda não dava para distinguir as feições do rosto de cada um. Enquanto tomava ânimo para falar, Pilin sentia a ansiedade dos dez leprosos. Não lhe era tão simples fazer deles instrumento do plano que concebera. Mas era necessário, em nome de todos. Após a eternidade de um minuto, desembuchou:

— Muito bem, pessoal. Nossa missão é tomar aquele

gaiola. Sem armas e sem violência.

Explicou a idéia, em detalhes mínimos, transmitindo força, confiança e muita determinação. Dentro em pouco aqueles dez leprosos, segregados até entre os seus próprios familiares, estavam imbuídos do convencimento de que deles haviam todos passado a depender. De repente, já não sentiam dor nenhuma. De repente, já não precisavam esconder por baixo dos trapos as feridas abertas no rosto, no pescoço, no peito, nos braços, nas pernas. O ar fresco da manhã roçou-lhes as faces descobertas, como se fora mão carinhosa. Quando Pilin sentiu que a força do espírito superara a fragilidade dos corpos, deu uma remada tão forte que a água embaixo gemeu, vomitando espuma pra trás. Mais algumas remadas enérgicas. Depois levou o bote de mansinho, aproximando-se silenciosamente do gaiola, olhos atentos ao menor movimento. Dentro do navio, a tripulação dormia o sono profundo e gostoso de beira de rio. Pilin amarrou o bote na escadinha descida pela ilharga do gaiola até a flor da água.

— Vou subir — disse aos companheiros. — Se eu começar a descer apressado, desamarrem o bote para largar.

E subiu os trinta e sete degraus de corda da escadinha. Quase no topo da escada, parou para melhor observar. Prosseguiu. Passou pra dentro do navio. Os leprosos lá embaixo no bote mantinham-se atentos, tensos, mas dispostos para o que desse e viesse. Demorou mais um pouco de eternidade, enquanto não viam Pilin, que se esgueirava sorrateiramente por todos os compartimentos do gaiola. Pilin voltou, olhou pra baixo, fez sinal para que fossem subindo um a um. Subiram todos. Do camarote mais próximo os roncos de pessoas dormindo ressoavam no silêncio e se confundiam com o ruído da maresia batendo no casco da embarcação. Pilin mandou que tirassem as camisas. Alguns, sem tanto exagero, eram quase que uma chaga só aberta da cintura ao rosto, partes sangrando, metades de mãos, pedaços de braços, sobras de dedos, rostos sem narizes, lábios decompostos, visão de horror, sensação de repulsa, a que Pilin não se fez imune sem esforço, que nunca os vira antes assim tão desprotegidos. Reassumiu o comando, superando o impacto. Encarou-os como resolutos combatentes, munido cada qual da arma mais poderosa em que se constituía a nudez de seus estigmas. Apontou em várias direções, segredou as últimas instruções, o grupo se desfez. Pilin se dirigiu para o convés. Pelos seus cálculos, era questão de contar até cem para ver o resultado. Vislumbrou em terra, pelo movimento de alguns archotes na porta da igreja, que suas ordens estavam sendo cumpridas. Podia contar que, em exato momento, o pessoal mantido em terra estaria a postos na margem do rio, pronto para embarque. A dúvida estava ali, navio adentro, no resultado imprevisível sobre a reação dos tripulantes do Palhaço. De onde se encontrava, podia observar o interior do camarote do imediato, que roncava grotescamente, a porta e a janelinha abertas, ventinho bom entrando e embalando o sono. O preto Januário, que os companheiros apelidavam carinhosamente de "Tapioca", de compleição física ainda robusta, apesar da lepra que lhe comera as narinas por inteiro e mais da metade dos lábios, os alvíssimos dentes em contraste com a tez, empurrou de leve a porta encostada do camarote do imediato. Três homens roncavam no beliche. Januário deu um berro:

— Tá na hora de acordar!

— Os três se levantaram quase a um só tempo. Encararam Januário. Ficaram estáticos, foram recuando. Januário estendendo os braços abertos como se fosse abraçá-los, pularam para fora do camarote, correram para a proa, Januário atrás dizendo "esperem", até que se acuaram nas balaustradas da embarcação, gritando feito loucos "sai pra lá, sai pra lá". Quando não podiam mais evitar que Januário fechasse os braços sobre eles num abraço, jogaram-se a um só tempo nas águas do Tapajós. Januário olhou para baixo, deu uma estrondosa gargalhada. Pelos corredores laterais vinha correndo em direção à proa o resto da tripulação do Palhaço, tentando fugir ao amplexo dos outros leprosos. Januário foi-lhes ao encontro. Pararam. Tentaram voltar. Eram quinze. Os dez fizeram o cerco. Os tripulantes recuaram. Subiram no balaústre próximo. E se jogaram no rio, enquanto os dez irrompiam em gritos ininteligíveis de alegria e de vitória, associados a estridente e intermitente apito do Palhaço. Da cabina de comando, Pilin acenava-lhes com a mão direita, com a esquerda puxava a corda que acionava o apito. No estreito horizonte da primeira curva do rio se levantava o dia.

VII

Era a terceira vez que Portilho despertava em sobressalto naquela noite de muita chuva e relâmpagos. Desta vez, porém, não estavam acordados Roque e Bonifácio para dizer-lhe:

— Tudo bem, comandante. Tenha calma. Está tudo bem.

Ficou sentado sobre o japá que lhe servia de cama, dentro da tapera do Tobias. Os relâmpagos, os trovões se confundiam com os clarões e o som da artilharia sob seu comando. Lá em frente, na rua de Nazaré, esquina da travessa do Passinho, estava o Trem, prediozinho muito frágil pra agüentar uma descarga. Portilho começou a rir nervosamente. "Não vai agüentar nem a primeira descarga. Vamos depressa com isso, seus molengas! Pega o barril de pólvora e os sacos de chumbo da velha Gregória. Quero ver se essa corja não sai do Trem". Roque se aproxima. "Está tudo pronto, comandante". Portilho indaga: "Espera aí, olha, o que estão fazendo? Por acaso o que vejo não é uma bandeira branca?". "Bonifácio!", gritou Portilho.

Acorre Bonifácio: "Pronto, Comandante". "Levanta a bandeira branca". Bonifácio ergue a bandeira branca. Os sitiados vão saindo do Trem, cautelosos, receosos, amontoados. "Deixa sair todo mundo, espera um pouco, espera um pouco: acho que já saíram todos, agora, agora, atenção, está pronto, está?".

— Fogo! Fogo! — Berra Portilho.

Roque e Bonifácio deram um salto do chão onde dormiam na tapera do Tobias.

— Calma, comandante! Calma! Está tudo bem.

— Onde estamos? — Indaga Portilho?

— Não estamos na Vigia, comandante. O senhor estava sonhando. Estamos no meio da mata, lembra?

Portilho ficou quieto. A chuva continua batendo forte. Voltam os três a deitar-se. Portilho se revolve agitado sobre o japá. Nem sono nem vigília, estado de torpor. Dada a descarga de artilharia que ordenara, vê corpos caindo aos pedaços. Seus homens se arremessam enlouquecidos sobre os agonizantes, retalhando-os a terçadadas, esmigalhando cabeças a coronhadas, esmagando escrotos a pontapés. Gritos de súplicas:

— Misericórdia! Não me mate!

A misericórdia era atendida com estocadas até a morte.

— Morre, sua peste!

Os homens invadem o Trem. O vereador Álvares, à frente dos que ainda se encontram no prédio, leva um balaço e cai. O vereador Pedro Antônio Raiol enfrenta altivo os invasores, consciente de sua sina. Recebe o tiro à queima-roupa e cai sem vida. Pelas janelas alguns escapam. Portilho, Roque e Bonifácio saem atrás. Vasculham as casas vizinhas. Arrastam os fugitivos para a rua. Chegam outros homens. Os fugitivos estão na roda. Gritos histéricos. Risadas debochadas. Os prisioneiros pedem compaixão. Das janelas das casas, as mulheres imploram.

— Pára. — Comanda Portilho. — Tirem as calças desses maricas.

Eram cinco os desgraçados. Os rostos desfigurados pelo medo. Já não pedem, já não falam, olham apenas para a própria nudez, que tentam cobrir com as mãos.

— Cortem os colhões desses cornos. — Ordena Portilho.

Na violência dos golpes, as mãos de uns caem com os escrotos. Aumenta o clamor das mulheres. Portilho ergue um deles pelos cabelos, aplica-lhe violenta terçadada no ombro esquerdo junto ao pescoço, o sangue espirra, os membros inferiores se desgovernam, o corpo cai. Roque e Bonifácio executam os quatro outros segundo a demonstração de Portilho. As mulheres gritam:

— Assassinos! Demônios!

— Calem a boca, suas pestes!

As mulheres batem as janelas. A horda inquieta não aguarda ordens. Arrombam portas. Violam as casas. Portilho, Roque e Bonifácio invadem onde mais se ouviam gritos e protestos. Uma mulher idosa, uma mulher de meia-idade, duas mocinhas, sete crianças entre três e dez anos se agarram espavoridas a um canto da sala ampla.

— Cadê os homens? — Indaga Portilho ameaçador.

Não ouve resposta. Roque e Bonifácio levantam os terçados.

— Cadê os homens? — Repete Portilho.

— Estão mortos. Respondem as mulheres.

Roque se aproxima de uma das mocinhas. Ela se abraça na cintura da mãe. Roque a segura com violência.

— Vem pra cá.

Olha fixo nos seios que estão brotando por sob o vestido de chita cinza. A mãe reage:

— Deixa a cunhatã, home. Ela ainda é suficiente.

Bonifácio chega perto da mulher, empurra-a contra a parede, toma-lhe dos braços a outra moça. Portilho se mantém estático, o sexo visivelmente excitado. Roque e Bonifácio põem-se a apalpar as moças. De um só puxão rasgam-lhe os vestidos deixando-as só com as peças de baixo. Elas gritam e choram e se contorcem. Os dois riem e se divertem tentando dominá-las. Portilho se aproxima da mãe, segura-a pelos cabelos à altura da nuca, arranca-lhe o vestido. A mulher idosa, percebendo o que estava para acontecer, toca as crianças para o quintal. Na sala, a resistência das moças e da mãe incita os três até o delírio. Retiram-lhe as últimas peças. Estupram. Satisfazem-se. Recompostos, as moças e a mãe estendidas no assoalho, as partes sangrando, entram em todos os compartimentos da casa, apossam-se de roupas, gêneros, utilidades, vão à rua e juntam-se aos praças que saem de outras casas carregados do produto do saque. Ponta a ponta, as tortuosas e estreitas ruas da vila da Vigia eram um tabuleiro só de cadáveres mutilados. Solidária ao luto, a noite chega precoce, o vento acelera o sopro, espocam trovões, relampeja do lado de lá do rio. Em frente ao Trem, a figura austera do vigário padre Bentes, ministrando o último sacramento aos moribundos.

Portilho, Roque e Bonifácio levantam os braços abertos. Os praças param. Persigna-se o vigário. Retira a estola do pescoço. Interiormente prepara-se para a imolação. Toma consciência, porém, do respeito imposto pela batina. Anda em direção a Portilho. Com a voz grave e firme, recrimina:

— Esta é a tal Cabanagem? Estais vendo o que fizestes? Assassinatos, perversidade, roubos, desolação!

Portilho só soube dizer:

— Quando a maré subir, vamos embora, seu vigário.

E o padre Bentes:

— Que a vossa consciência não vos dê paz nem sossego por toda a vossa vida.

A figura do vigário cresce em altura e espessura, o semblante sereno se transmuda em carranca, as palavras ecoam em trovões, os olhos enormes geram relâmpagos ininterruptos, os mortos ao redor se levantam, a mão suspensa do vigário se transforma em gigantesca marreta prestes a despencar-se sobre a cabeça de Portilho, que, de um salto, fica de pé aos gritos. Roque e Bonifácio despertam assustados.

— É o velho pesadelo, comandante. — Comenta Bonifácio.

A chuva havia passado. A paz de Deus tomara conta da natureza em redor. A mata fechada não dava passagem aos primeiros clarões da aurora. Saíram os três da tapera.

Escutam um apito distante.

— Ouviram isso? — Indaga Portilho.

Mais um apito longo, demorado, distante.

— É o apito do Palhaço. — Comenta Bonifácio.

— Cadê o magricela? Cadê o velho? — Quis saber Portilho.

— Não voltaram do enterro da velha. — Explica Bonifácio.

— E nem vão voltar. Queira Deus. Vamos embora. Vamos voltar. — Comanda Portilho.

Tiveram dúvida quanto à picada a tomar das três que saíam do terreiro da tapera. Discutiram. Certificaram-se. E partiram apressados, quase correndo.

A não mais do que um quilômetro, na mesma picada, o grupo de Raiol ouviu o apito do Palhaço.

— É o sinal — Comenta Raiol. — O Pilin mandou voltar ligeiro quando nós ouvisse o apito. Vumbora, gente. Pra já.

O comandante Portilho parou de repente, quando ouviu mais um apito do Palhaço. Prestou atenção no rumo de onde vinha.

— Vocês acham que pegamos o caminho certo? — Indagou dos companheiros.

— Não dá pra ter certeza. — Respondeu Bonifácio.

— O jeito é continuar. — Opinou Roque.

Bonifácio sugeriu que voltassem à tapera e esperassem o dia clarear, talvez o magricela e o velho já tivessem chegado do enterro, agora que a chuva tinha passado.

— Aquele filho da puta não vai voltar. Deixa essa

peste aí, ao menos não cria mais problema. — Sentenciou Portilho. — Vamos em frente.

As mulheres estavam embarcadas. O grupo do Gito, munido cada um de paus ou estacas, mantinha os tripulantes do Palhaço dentro d'água empurrando-os para a correnteza. Do convés do Palhaço, Pilin olhava atento na perspectiva do lado direito da igreja por onde devia surgir o grupo de Raiol. Passou-lhe pela mente a possibilidade de uma surpresa. "E se, em vez do Raiol, aparece Portilho?", pensa. Chamou o Velho Aníbal.

— Preste bem atenção, tio Aníbal. Vou descer, pegar o escaler e remar até o trapiche. Chame todo mundo pra ficar com o olho em terra pra ver o que acontece. Se eu levantar os braços e fizer sinal pra irem embora, levante a âncora do barco e deixe que vá de bubuia na correnteza. Faça isso.

Pilin desceu, desatracou a pequena embarcação e remou para terra. "Já dava tempo de sobra pro Raiol chegar". Pensou. "Será que dá pra ouvir o apito dentro da mata?". Só agora se dava conta do tempo que demorara a operação "toma-navio". "Se o Raiol andou depressa, terá chegado até a tapera do tio Tobias. E o que terá acontecido?". Interrompeu as especulações atracando o escaler junto aos outros dois no trapiche. Parou um instante na escadinha e avaliou a capacidade de reação dos tripulantes do Palhaço, acuados dentro d'água. Não ofereciam resistência. Dava até pena, não fossem gente do tal Portilho. Chamou Gito:

— Vamos embarcar. Ficam três comigo, segurando

a situação. Peguem dois escaleres e mandem os dois de volta. Depressa! Vamos!

Os escaleres foram e voltaram, nada do Raiol. "Não é possível", pensa Pilin. Os tripulantes estavam lá boiando, resistindo à correnteza do rio. Pilin despachou mais cinco para bordo. Ficaram três em terra, com ele quatro. Já não tinham fé que o Raiol aparecesse. Ou não teria ouvido o apito. Ou tinha sido liquidado pelos três degenerados. Mandou que os três embarcassem.

— Mas, seu Pilin... — Reagiram solidários.

— Vão logo. Não discutam.

Os três embarcaram. Pilin ficou na cabeça do trapiche, de costa para o rio, de olho no lugar por onde ainda podia surgir Raiol. Ou Portilho. Deixou-se ficar tão absorto que não notou que os tripulantes começavam a nadar para a beira. Espantou-se subitamente com o alarido oriundo do navio no exato instante em que finalmente Raiol surgiu com seu grupo por trás da igreja. Pilin ergueu as mãos em atitude de prece e disse:

— Obrigado! Obrigado!

Raiol quis explicar alguma coisa. Pilin interrompeu:

— Quase me matam de susto. Vamos embora.

Estavam todos embarcados. Levantou-se a âncora do Palhaço. Um apito final de despedida. Os tripulantes acabavam de pôr os pés em terra.

Saindo de trás da igreja, chegaram Portilho, Roque e Bonifácio. Sem entender o que estava acontecendo, Portilho andou apressado em direção ao trapiche, onde haviam se reunido os tripulantes. Do Palhaço os retirantes podiam ver os gestos agressivos de Portilho, Roque e Bonifácio contra os tripulantes, que recuaram, até lançar-se de novo às águas de onde haviam saído. Uma uníssona gargalhada se deu no Palhaço, ecoando em terra. Portilho, desvairado, dava murros no ar. O Palhaço pôs-se de viagem, de bubuia, na correnteza mansa do Tapajós.

VIII

Francisco Pedro Vinagre se tornara conspirador por mera disposição de boa vizinhança. Quando atendera ao chamado do vizinho Félix Antônio Clemente Malcher, não conhecia sequer o padre Batista Campos nem seu devotado amigo Eduardo Francisco Nogueira, o Angelim. Dedicado à agricultura de suas terras à margem direita do rio Itapicuru, tributário do rio Acará, Vinagre vivia alheio às tricas e futricas da capital da província do Grão-Pará, tendo apenas notícia de que o presidente era um português apelidado de Malhado. No sítio de Malcher veio a conhecer Batista Campos e Angelim. Ouviu-lhes a pregação ardorosa contra a tirania do Malhado, que agora passava a saber chamar-se Bernardo Lobo de Sousa, inimigo do povo, inimigo da Igreja, prepotente, atrabiliário, rancoroso, membro influente da maçonaria, seita maldita que o bispo dom Romualdo de Seixas condenara, denunciando-lhe as reuniões secretas, alta noite, o demônio admitido, travestido em bode negro a faiscar fogo por todos os orifícios. Os excessos de Lobo de Sousa, a ameaça de botar o bispo, com ferro aos pés, no porão de qualquer navio surto no porto, a fuga do velho pastor para Cametá, sua terra de origem, reacenderam no agricultor a disposição de luta que lhe valera distinção à frente de sua companhia como tenente-de-guarda-nacional. A serenidade de ânimo adquirido do contato com a natureza cedeu lugar ao gênio altivo, audaz e solidário. Para a reunião no sitio de Malcher, saíra de casa agricultor pacato, retornando militar beligerante. Reuniu família e os empregados, deu ordens, selecionou os lavradores mais fortes e sãos, reuniu armas e munições, fez preparar a mochila e adeus Sítio Santa Cruz. Dia seguinte, com os irmãos Antônio, Raimundo, José e Manuel, apresentava-se com seu pequeno grupo de combate no sítio de Malcher, transformado em praça de guerra. Daquele momento até o dia em que assumiu a Presidência da província do Grão-Pará, Vinagre foi o revolucionário ardoroso, intransigente, inconseqüente e tão fanático como um árabe. Os fatos se atropelavam uns nos outros, tamanha era a velocidade com que aconteciam. Não lhe sobrava tempo para pensar nem ajuizar os atos seus e dos companheiros. Traições, covardias, injustiças, ódio, assassinatos e conspirações juncaram os rastros de sua caminhada acidental ao poder. Mesmo quando saíra às pressas do prédio onde passara a residir na capital, à rua da Barroca, para enfrentar o presidente Félix Antônio Clemente Malcher, fora movido por mero impulso de autodefesa da moral individual. Como comandante das Armas do presidente Malcher, não admitia que este passasse por sobre sua autoridade e desse ordens diretas às tropas. Não lhe passara pela cabeça tomar o poder. Os cidadãos que, a princípio, de suas janelas observavam a apressada caminhada de Vinagre rumo ao quartel, abandonaram suas residências e formaram atrás dele desordenada procissão, obedecendo ao instinto que atrai o homem ao testemunho da desgraça. Malcher o avista. Toma a frente da tropa. E dá ordem:

— Fogo!

Ao invés de fogo, ouviu-se a voz do irmão Antônio Vinagre:

— Parem! Não vamos destruir a obra que construímos. Não consinto que se derrame o sangue de meu irmão e destes cidadãos que deram a Malcher toda a liberdade da qual está abusando.

Malcher ficou estático. Francisco Vinagre postou-se à frente da tropa. Dirigindo-se a Malcher:

— Não fui nomeado comandante desta tropa por liberalidade de Vossa Excelência. Mas por desejo dessa tropa e do povo que aqui está. Vossa Excelência tem abusado da confiança de todos nós. Vossa Excelência é ingrato, desleal e sangüinário!

Malcher desembainha a espada. Investe colérico contra Vinagre. Antônio Vinagre atraca-se a Malcher, susta-lhe o braço. Um cidadão de nome Boaventura faz pontaria contra Malcher. Eduardo Angelim, ao lado, bate com a mão na coronha da arma e desvia o tiro. Entra a turma do deixa-disso. Invoca-se patriotismo. Relembra-se o recente passado de conspiração e amizade. Acalmam-se provisoriamente os ânimos. Malcher permanece presidente. Vinagre permanece no comando das Armas. Malcher não se conforma. Entende que os Vinagre e os Angelim lhe tramam a queda. Manda prender os Angelim, pensando assim enfraquecer os Vinagre. Para a ingrata missão chama Manuel Paraense, comandante dos municipais permanentes. Paraense chega à casa dos Angelim, ainda manhã cedo. Bate à porta, Eduardo Angelim abre. Acorrem os irmãos Geraldo e Manuel. Paraense dá ordem de prisão:

— De ordem do presidente Malcher, estais presos e deveis acompanhar-me.

Manuel reage:

— Diga ao seu presidente que mande prender a cadela que o pariu!

— Calma, calma! Tudo bem. Aceitamos a ordem, sob condição. — Contemporiza Geraldo.

— Que condição? — Indaga Paraense.

— Leve-nos antes à presença de Malcher.

— Condição aceita!

E seguiram até a casa de Malcher. Eduardo Angelim iniciou o diálogo:

— Quero saber o motivo de nossa prisão, pois temos consciência de não termos praticado nenhuma deslealdade. Pelo contrário, sempre fomos fiéis à causa que nos propusemos em nossas reuniões do rio Acará.

— Não acredito em nada que falas. És traidor. — Interrompe Malcher.

— A pecha de traição cabe mais a Vossa Excelência. A prova disso é que está ficando só e já anda com medo da própria sombra.

— Tu, teus irmãos e os Vinagre vos prevaleceis da ascendência sobre a turba, conclamando-a contra o meu governo.

— Quero saber a que governo Vossa Excelência se refere, se só o que se vê é ódio, perseguição e assassinatos.

Malcher deu as costas ao interlocutor. Voltou-se abruptamente para o comandante Paraense:

— Mantenho a ordem. Retire esses degenerados da minha presença. Conduza-os para bordo do brigue Cacique.

Eduardo Angelim reagiu:

— Déspota! Sangüinário! Incompetente! Traidor! Teu fim está próximo!

Malcher puxa a espada. Aponta-a contra Eduardo. Geraldo Angelim e Paraense se metem de permeio. Eduardo dá um salto atrás. A guarda de Malcher intervém. Os presos são conduzidos escada abaixo, saem à rua, Eduardo vociferando, o povo formando séquito, a notícia voando célere, a praça da Sé parecendo dia de comício. Antes de embarcar no escaler, na Ponte de Pedras, o povo aglomerado, Eduardo grita a todo pulmão:

— Povo de minha terra. Malcher é um déspota! Malcher é um traidor! Malcher é um sanguinário!

E continuou esbravejando, até que sua voz já não se ouvisse, levada pelo vento que batia forte nas águas da Guajará.

A notícia da prisão chegou até Francisco Vinagre, que, incontinenti, saiu em busca de Malcher. Não o encontrou em casa. Não o encontrou em Palácio. Dirigiu-se para o quartel. A caminho soube do movimento da tropa. Viu um soldado na rua da Alma. Indagou-lhe:

— Quem comanda a força?

— O capitão Varela. — Respondeu o soldado.

Vinagre prossegue, à procura de Varela. Encontra-o logo. Repreende o oficial:

— Como ousas motivar a tropa sem minha ordem?

— A ordem partiu do presidente Malcher.

— Onde está Malcher?

— Ali está!

Vinagre se volta para a escadaria de entrada do quartel. Lá está Malcher no alto, imenso, soberbo, agressivo, dono do mundo. Vinagre o contempla de baixo. A guarda se aproxima de Malcher. Vinagre lhe percebe o esgar. Volta-se levemente para o capitão Varela, cujo olhar indaga: "E agora comandante?". Vinagre sobe a escadaria com decisão e firmeza. Posta-se em frente a Malcher. E, dedo em riste, recrimina-o:

— Pela segunda vez empregas a força pública sem minha intervenção; não vês que tal comportamento subverte a disciplina e insubordina a tropa que eu comando?

Malcher desvia a vista do interlocutor. Deixa que se faça ligeira pausa. Ainda sem se voltar para Vinagre, responde com desprezo:

— Sou a primeira autoridade da província. Não lhe devo satisfação de meus atos. E a mais ninguém.

A esta altura, o capitão Varela subira a escadaria e postara-se entre Malcher e Vinagre. O resto da tropa se achegara por trás da guarda. Quem de longe observasse, teria a idéia de que no palco em destaque, lá no alto, se encenava uma peça teatral, em que os dois atores principais, aos gritos, gestos agressivos, dedos em riste, estavam prestes a engalfinhar-se. Vinagre volta ao ataque:

— Esqueceste muito depressa os compromissos que assumimos. Ou pensas que esta gente toda é foreira de tuas terras, que podes fazer e acontecer, como se fosses patrão? Não é assim, nem será!

E voltando-se para o perplexo capitão Varela:

— Capitão Varela, recolha a tropa!

O capitão bateu os calcanhares, prestou continência ao comandante, voltou-se para a tropa, deu voz de comando. Em trinta segundos, no alto da escadaria só restavam o capitão, Malcher e Vinagre. Enfurecido, Malcher desceu a escadaria, deixando no ar a ameaça:

— Isto não vai ficar assim!

Vinagre dispensou o capitão Varela. Que mantivesse a tropa de prontidão. Malcher, em passos céleres, tomava a direção do Palácio. Recomposto da tensão, Vinagre desceu calmamente a escadaria do quartel. Ao vencer o último degrau, ouviu ruído de palmas. Parou. Voltou-se para o lado. A moça cessou as palmas, apertando as mãos uma na outra e sacudindo-as à altura do peito. Vinagre indagou:

— Quem é você?

A moça sorriu. E respondeu:

— Meu nome é Suzel.

IX

Relatório de Suzel ao presidente da província do Grão-Pará, Francisco Pedro Vinagre

Partiram hoje da vila dos Tapajós 176 das 177 embarcações que V. Exa. mandou para colher os voluntários. Falta o gaiola Palhaço, que ficou pra trás na vila de Itaituba ou vem de viagem. Soube de incidentes ocorridos por ocasião do embarque dos retirantes em Itaituba, o que me deixou deveras preocupada, pois vim a saber que aquele que se me apresentou como comandante da operação não era outro senão o incendiário Portilho, que V. Exa. mesmo me disse haver sido o grande responsável pelo massacre da vila da Vigia, no que fora secundado pelos também incendiários chamados Roque e Bonifácio, agora seus companheiros inseparáveis nesta operação. Permanecerei na vila dos Tapajós, completamente deserta, em companhia do caboclo de nome Mulato, que me tem servido de piloto nesta missão. Só irei depois de esclarecer o que aconteceu em Itaituba. Foi preciso usar de muita persuasão para impedir que todos desembarcassem aqui, até que chegassem os parentes que ficaram. O estranho é que, por ordem do tal Portilho, o procedimento em Itaituba não se consegue entender, pois não embarcaram os doentes e os malnutridos, justamente os que precisavam de maiores cuidados. Me disseram algumas pessoas que no dia do embarque ninguém sabia dar notícia do Portilho e que já de noite se viam grossos rolos de fumaça por sobre as copas das árvores. Queira Deus! Sinto-me responsável pelo destino daquela gente que ficou, principalmente porque me contaram das idéias malucas confidenciadas pelo Portilho, ou seja, de que em Cabânia não haveria lugar para fracos e doentes. E mais: que V. Exa. também pensava assim, no que não creio, pelo pouco que conheço de sua maneira de ser. Minha esperança está no fato de que, entre os que ficaram, se encontra uma pessoa conhecida pela alcunha de Pilin, que ainda não sei bem de quem se trata; fala como caboclo, pensa como intelectual, age como líder, fisicamente frágil, impressionantemente enérgico de caráter, sem o qual não teria decerto conseguido, em tão pouco tempo, convencer praticamente todos os moradores daquela região a abandonarem suas terras, seu modo de viver, para enfrentar o desconhecido, apesar das lindas promessas que lhes fiz em seu nome, por sinal, perdoe-me, simplesmente sem nenhum significado para eles. Creio firmemente (mais uma vez perdoe a franqueza) que vieram em razão da simpatia que tomaram por mim e por obra e graça da liderança do referido Pilin. Daí possa V. Exa.

entender que eu me imponha o dever de ficar à espera dos que estão faltando. E, se for o caso, de subir o rio Tapajós, em companhia do piloto Mulato, para, pelo menos, saber o que aconteceu. Enquanto espero, gratifica-me a beleza deste lugar, onde o Tapajós se entrega ao rio Amazonas, depois de deitar-se, preto-azul-verde, não sei bem, ao lado deste imponente Amazonas, que vem e que passa ali não tão distante, tingido de barro amarelo.

Suzel

X

O caboclo Mulato se aproximou de Suzel. A moça notou. Mas nem sequer voltou a cabeça. Sentada estava, sentada ficou na areia alva e macia da praia do rio, o sol se pondo, o vento bom. Acostumara-se à proteção de Mulato, como se fora o pai adotivo. Sempre por perto, sempre calado. Surpreendeu-se com a voz rouca do caboclo que, naquele dia, não havia pronunciado ainda uma única palavra. Ele continuava parado, em pé, ao seu lado, esperando resposta. Sentou-se também na areia. Ela agora conseguira retornar do mundo interior por onde andava.

— O que foi que disse?

Mulato repetiu, em sua linguagem típica, arrastada e reticente, que o incomodava vê-la naquele estado fazia mais de mês, sem ter o que fazer, olhando o rio acima, esperando, esperando, a vila dos Tapajós já virando lugar de visagem, não pagava a pena ficar ali parado, o gaiola podia ter passado de noite com luz apagada, era melhor ir embora.

— Tenho medo que acabe morrendo de tristeza, a

senhora num sabe?

Suzel escutara sem interrupção. Ao final do raro discurso, espantada com a argumentação, envolveu o caboclo na ternura de um sorriso. E brincou com ele:

— Ora vejam só! Ele fala!

Mulato liberou-se em estrepitosa gargalhada, sua forma mais simples de expressão. Suzel associou-se. Fez-se a seguir o silêncio, a noite entrando imperceptível como o bacilo a penetrar no corpo. Do outro lado do Tapajós, pouco mais do que algumas centenas de braçadas, a Ponta Negra já não passava de sombras indefinidas.

— Me diga, dona Suzel, por que uma moça tão bonita vem se meter por estas bandas?

Suzel não deu resposta imediata, arrumou-se na areia, recolheu as pernas, dobrou os joelhos, repousou os cotovelos sobre eles, segurando o queixo com as mãos. Ponderou a conveniência de falar de si mesma a quem com toda a certeza pouco ou nada entenderia, nem mesmo talvez sua própria linguagem. Concluiu que falar corresponderia a mera recordação de que se alimentara na indefinida espera da passagem do Palhaço.

— Então você quer saber? Pois escute. Meu nome completo é Suzel de Sá Vieitas, nascida na Ilha do Marajó, 26 anos de idade, formada em Filosofia pela Sorbonne, curso de canto e piano, equivale dizer com todos os dotes intelectuais a que tem direito uma filha única de fazendeiro com mais de dez mil cabeças de bubalinos. Menarca aos 12 anos. Mulher aos 16, por obra e graça de um peão chamado Vadico com o dobro da minha idade, por insistência minha, diga-se a bem da verdade, que eu não conseguia mais controlar a curiosidade de saber o que sentiam as éguas com o mastro do garanhão entrando e saindo de suas entranhas. Quando voltei da França um ano e meio atrás, já não agüentava mais a monotonia da província, tudo acomodado, nada de novo acontecendo, as moças da minha idade muito compenetradas de sua vocação de madonas, sem voz ativa dentro e fora de casa, sempre à espreita de um partido qualquer para casar. Ou eu voltava para de onde estava vindo ou acabaria estourando os nervos. Foi aí que me chamou a atenção um pasquim de autoria do cidadão Vicente Ferreira Lavor Papagaio. Ali estava um homem de luta, corajoso, irreverente, bem a nível das minhas próprias idéias. Não esperava que os pasquins fossem afixados pelas paredes de ruas, esquinas, praças e lugares de maior concentração de gente, ia buscá-los na casa do padre Batista Campos, onde morava o Lavor. Para desespero da minha família, houve dias em que não apareci em casa. Integrei-me de corpo e alma no lançamento do primeiro número do jornal "Sentinela Maranhense na Guarita do Pará". Participei de todos os momentos do jornalzinho. De minha lavra foi o verso de abertura das colunas, assim:

"Sem rei existe um povo
Sem povo não há nação:
Os brasileiros só querem
Federal Constituição"

O jornal se propunha defender intransigentemente a

liberdade e os direitos do povo. A opressão estava materializada no português que governava a província do Grão- Pará, de nome Bernardo Lobo de Souza que, em razão de uma malha de cabelos brancos na cabeça, apelidamos de Malhado. Nosso objetivo imediato era fazer oposição cerrada ao governo de Malhado, presunçoso, incompetente e arbitrário. O objetivo maior era apoiar as idéias republicanas. O primeiro número do "Sentinela Maranhense..." surtiu o efeito calculado. Pelos cantos de ruas e pelos mercados, o comentário era um só: as arbitrariedades do Malhado. Preparamos o segundo número, mais forte, mais avassalador. Pelos nossos cálculos, com o terceiro pegaria fogo no paiol e colocaríamos o padre Batista Campos no governo da província. Mas aí veio a reação do Malhado. Sentindo o perigo, baixou portarias a promotor, a juízes de paz, à polícia, encontrou resistências, mas acabou por conseguir a invasão da residência do padre, onde estava instalada a oficina gráfica do Lavor. Só que não logrou de todo seu intento. Fomos avisados por admiradores da própria assessoria do Malhado, de modo que, quando chegaram seus cães de fila, o Lavor já estava num bote a caminho da Fazenda Concussão das Pedras, em Barcarena, onde o padre já se encontrava. Os homens do Malhado entraram como a pororoca, revirando tudo, quebrando máquinas, abrindo portas. Presentes estávamos eu, três empregados da casa e quatro crianças. Dirigiu-se a nós o chefe de polícia interino Manuel Barroso de Bastos, comandante da operação, que tinha em mãos algumas cartas e o terceiro número do "Sentinela Maranhense..." paginado e pronto para impressão.

— Cadê os homens?

Não demos resposta. Insistiu na pergunta, insistimos no silêncio. Desistiu, ordenou a retirada. Voltei pra casa. Fiquei em total expectativa, sem mais qualquer notícia dos companheiros. Fui pro Marajó. Quando voltei, três meses depois, os acontecimentos se haviam precipitado com vertiginosa velocidade. O padre Batista Campos morrera de espinha carnal gangrenada, nas matas de Barcarena, após peregrinar de tapera em tapera, ocultando-se da perseguição do Malhado. O Malhado estava morto. Assumira a Presidência da província do Grão-Pará o agricultor Félix Antônio Clemente Malcher. Ninguém sabia dizer-me do paradeiro do Lavor Papagaio. Morto o padre Batista Campos, sem contato com o Lavor, mesmo me sentindo partícipe da situação que encontrei, mantive-me à distância, como observadora interessada, à espera de oportunidade de reintegrar-me. Eu estava presente como espectadora, no primeiro confronto público entre o presidente Malcher e seu comandante de Armas, Francisco Pedro Vinagre. A juventude, a coragem, a irreverência, a altivez de Vinagre me cativaram, a ponto de aplaudi-lo sozinha ao final da discussão que travara em público com Malcher. Ele então perguntou meu nome. Dias depois assisti ao choque das tropas de Malcher e Vinagre. O ordenança de Vinagre chegara espavorido.

— Comandante! O presidente deu ordem para prender o senhor! A guarda do Palácio vai já sair à sua procura!

— Ah! É assim? — Exclamou Vinagre.

O quartel da tropa de linha estava a cem braças. Vinagre para ali se dirigiu quase correndo. Reuniu a força disponível, nada mais do que uns cinqüenta praças. Dirigiu-se ao corneteiro:

— Toque rebate.

Rumou para o Arsenal de Guerra. O rosto de Vinagre era a própria determinação. Olhos faiscantes, cabelos em desalinho, o blusão empapado de suor. Por onde passava, respondia à muda indagação dos que acorriam:

— Preciso de vocês. Venham comigo!

Quando chegou à frente do Arsenal de Guerra, tinha atrás de si uma pequena multidão. O portão estava cerrado. Veio o primeiro tenente de artilharia José Antônio Lopes. Vinagre ordenou:

— Abra!

— Não posso! — Reagiu o tenente.

— Como não pode?

— Ordens do presidente!

— Escute bem, tenente: Malcher não tem qualquer chance! — Ou você abre ou eu entro de qualquer maneira!

O tenente demonstrou vacilação. Ouvia a Vinagre e olhava a multidão, que bradava:

— Abre! Abre! Abre!

Muitos se aproximaram das grades, seguraram-nas, sacudiram-nas. Lopes percebeu que o portão não resistiria. Pegou as chaves e abriu. Vinagre entrou, todos entraram, armaram-se, municiaram-se. Quatro canhões com palamentas e munições foram postos para fora. Chega o capitão Francisco de Macedo com duzentos homens que haviam atendido ao toque de rebate. Chegaram outros mais. Vinagre dispôs homens nos pontos estratégicos do Arsenal, guarneceu os acessos. Passou a compor pelotão de ataque ao Forte do Castelo, onde sabia que Malcher se armava. Nesse momento, interrompe o ordenança:

— Eles já estão perto da praça, comandante.

Vinagre alterou instruções. Que os atiradores ocupassem, em linha, a rampa ocidental da praça das Mercês, alça de mira voltada para as ruas de acesso. Canhões em posição, carregados de metralhas. Agora era esperar. Não houve espera. A tropa de Malcher, talvez contando em surpreender Vinagre, surgiu determinada pela rua da Cadeia. A um só tempo os atiradores da rampa acionaram os gatilhos, não dando tempo a que os praças de Malcher pudessem fazer qualquer disparo. A seguir, os canhões vomitaram as metralhas. O chão se cobriu de agonizantes. O pânico se espalhou aos gritos. O alferes João Pedro Gonçalves Campos, fiel a Malcher, tido e havido como homem valente e irreverente com a morte, mandou tocar retirada. Ouviu-se a voz de Vinagre:

— Atrás deles! Fogo!

A tropa de Malcher estava inteiramente batida. Os combatentes que restavam recuaram precipitadamente para o Forte, de onde haviam partido com entusiasmo. As forças de Vinagre, engrossadas com mais adesões, entraram nos prédios vizinhos ao Forte, deixando a Malcher uma única saída: as águas do rio Guamá. Vinagre era dono da cidade. Passou o comando das forças ao irmão Antônio Vinagre e retirou-se para o Arsenal de Guerra. Mandou chamar o juiz de paz do terceiro distrito, padre Casimiro Pereira de Sousa, a quem nomeou secretário. Juntos, elaboraram declaração, pela qual davam Malcher como prófugo e demitido. Oito horas da noite, a praça das Mercês ainda regurgitando de curiosos, semblante carregado, Vinagre cruzou, saindo, o portão do Arsenal. Ao seu lado direito, eis quem senão o panfletista Lavor Papagaio, que me notou logo à saída.

— Suzel! Exclamou Lavor.

Vinagre parou, olhou em minha direção, reconheceu-me e disse:

— Você de novo?

Suzel parou seu relato. Ao lado, cabeça entre os joelhos abertos, o caboclo Mulato ressonava. A moça se levantou, foi até a beira d'água, molhou as mãos, lavou o rosto, voltou, acordou o companheiro, que se pôs de pé num salto, desculpando-se todo.

— Não precisa pedir desculpas. Sabia que você iria dormir. — Amenizou Suzel.

Mulato ficou olhando sério, o rosto carregado, como se estivesse extremamente agastado. Pouco a pouco o semblante se desanuviou e em segundos o caboclo explodiu em gargalhada contagiante, a que Suzel se integrou. Abruptamente, Mulato cessou o riso. Apontou para a direção de onde vinha o rio. Suzel voltou-se assustada. Um facho de luz.

— Será o Palhaço? — Indagou a moça.

— Se não for, é olho de cobra-grande. — Explicou

Mulato.

— Que cobra-grande que nada, Mulato. Apanhe gravetos, pegue pau, pegue madeira. Vamos fazer uma fogueira bem grande!

XI

Trinta e sete dias tinham decorrido da partida do Palhaço. O gaiola vinha de bubuia, destino tão incerto quanto o de sua nova tripulação que, àquela hora da noite, estava toda recolhida, Pilin apenas no timão de barco, mantendo a proa na direção da correnteza. Era dessas noites de escuridão absoluta. O diminuto facho de luz pendurado no convés só era suficiente para denunciar a presença da embarcação no meio do rio. Ao recompor-se de mais um cochilo, Pilin vislumbrou ponto luminoso em frente ao longe, à margem esquerda do rio. Chamou Gito e Raiol.

— Olhem naquela direção!

Os dois observaram atentamente. Disse Raiol:

— Não vejo nada.

— Olhem bem. — Insistiu Pilin.

Puseram-se os dois de novo a observar. Alguns minutos depois, repetiu Raiol:

— Não vejo nada.

Pilin se desculpou irônico:

— Devo ter visto vaga-lume na vadiagem.

Os dois voltaram a deitar-se. Pilin manteve-se no posto. Lá estava o ponto de luz, agora mais firme e mais intenso. Desta feita não chamou ninguém. Pelos seus cálculos, pensava, deveria estar chegando à vila dos Tapajós. Mas se já fosse a vila, o clarão seria bem maior. Aquele ponto de luz deveria ser, portanto, algum pescador recolhendo as redes. Quem dera que fosse a vila. Aí, com certeza, se teria notícia das outras embarcações ou, quem sabe, não estariam ancoradas no porto. E Suzel? Que fim teria levado? A moça cometera erro primário. Como pudera largar toda aquela gente nas mãos do maluco do Portilho, depois que conseguira adquirir a confiança de todos? Devia ter ficado para concluir a operação. Por que tanta pressa? Por que não dar a ele, Pilin, sequer um até logo? Afinal não haviam estado tão de acordo durante quase três meses? Com a chegada de Portilho, a moça pareceu envergonhar-se da amizade e do apoio do zé-ninguém cognominado de Pilin e foi embora sem mais nem menos. Ou estaria comprometida com as idéias loucas do incendiário? Tomara que ela estivesse pela vila dos Tapajós. Não viesse com desculpa. Mas também poderia tudo ser fruto da ingenuidade e da inexperiência. Em três meses de dia-a-dia, não poderia ter sido tão falsa. Ela parecia convicta, pura e autêntica na pregação. E quantas vezes deixara a ele Pilin vexado com suas demonstrações até físicas de carinho e ternura como à véspera da chegada das embarcações, as famílias já acomodadas, ele sentado no trapiche olhando o rio e a noite, ela veio de mansinho que ele nem sentiu, abaixou-se, beijou-lhe o rosto, disse "obrigada", levantou-se, foi embora deixando-lhe a sensação de amor frustrado. Está certo que aquele beijo, ou melhor aquele ósculo na face, fora apenas sinal de gratidão, mas, por muito tempo, lhe ficara forte na mente a sensação do hálito quente da moça. Nunca tivera uma mulher tão perto. Instintivamente, Pilin passou a mão no rosto, como a tocar o beijo. Entregou-se à evocação do fim-de-tarde-começo-de-noite em que flagrara, sem querer, a visão quase total do corpo de Suzel, ele indo e ela vindo do igarapé do Pau Fundo, cinco e meia da tarde mais ou menos, o vestido ralo, transparente de água, ensopado, os seios arrebitados, escuro no meio das coxas, as nádegas salientes, ela parou frente a frente quando se cruzaram:

— Vai ao banho? — Perguntou.

— É. — Respondera Pilin.

— Bom proveito, a água está gelada.

Antes que desse de andar, ela baixou a vista sobre o sexo dele. Ele ficou parado um pedaço, até decidir-se entre seguir o caminho do banho e masturbar-se ali mesmo. Lá adiante parou e voltou-se. Nesse exato momento, Pilin deu as costas para não se deixar apanhar na intenção. Jurava até hoje que, antes de virar-se, notara o ar de riso de Suzel, aquele riso característico da mulher-fêmea no pico do cio, quando o homem não importa, mas pura e simplesmente o macho que seja. Pensando bem, porém, Pilin tinha consciência de que os detalhes eram mais obra de sua imaginação. Talvez que não tivesse visto nem notado senão apenas o que gostaria de ver e perceber, curiosidade de toda uma vida de repressão sexual, submisso a um voto de castidade que nessas horas considerava absurdo e sem mais razão de ser. Afinal de que valia tal voto se não conseguia segurar a imaginação, que alimentava os sonhos e o despertar em pleno gozo venéreo? Tinha que admitir que o que mais queria era mesmo ver, tocar, sentir e possuir de verdade uma mulher nua, inteiramente sua. A luz ao longe, que só o Raiol e o Gito não conseguiram ver, parecia-lhe uma imensa fogueira alimentada pelo desejo de reencontrar Suzel. Preocupou-se com a aparência. Passou a mão no rosto. Aquela barba. Feia e maltratada. A roupa suja e enxovalhada. Lembrou-se do comandante Portilho, rosto vermelho, a roupa branca impecável, aspecto bom e sadio. Abriu os armários da cabina de comando do barco. Lá estavam as roupas do comandante.

— Seu Pilin. Seu Pilin. — Irrompeu de súbito o Velho Aníbal.

— O que foi? — Indagou.

— O tio Tobias.

Pilin não perguntou mais nada. Nem precisava, que o ar desolado do Velho Aníbal já contava tudo. Disse apenas:

— Vamos lá.

O mateiro Tobias estava chegando ao fim da jornada, que mal começava. Abriu os olhos. Reconheceu Pilin. Balbuciou palavras ininteligíveis.

— Como é, meu tio, vai desistir? — Brincou Pilin.

O mateiro fez novo esforço para falar. Pilin abaixou o ouvido bem perto dos lábios do moribundo. E ouviu:

— Coló...

Manteve-se curvado próximo ao rosto do mateiro, à espera de que pudesse concluir sua última mensagem. O Velho Aníbal veio com chá de catinga-de-mulata.

— Alevante a cabeça dele.

O mateiro já não aceitava nem líquido. O chá escorreu pelos cantos da boca.

— Ele precisa tomar. — Insistiu Aníbal — Isso é congestão. Precisa tomar. Alevante mais.

O pessoal começou a rezar o pai-nosso e a ave-maria. De repente uma das mulheres entoou a ladainha. Mas só chegou a começar. Pilin pediu silêncio, notando o esforço do moribundo para falar. Curvou-se sobre o rosto de Tobias:

— Me enterre...

Foram as últimas palavras. Deu um suspiro profundo. A cabeça pendeu pro lado sem comando. Estava morto. Pilin se voltou para o grupo, balançou a cabeça negativamente. Todos entenderam. Retirou-se. As mulheres entoaram a ladainha:

— Santa Maria.

— O gato é nós.

— Enverga o pé de banda.

— O gato é nós.

— Casa de nossa Letícia.

— O gato é nós.

Retornando lentamente ao seu posto, Pilin pensava no que fazer. O tio Tobias queria ser enterrado junto da tia Coló. Nada menos que junto à Igreja de Itaituba. Voltar seria recomeçar o pesadelo. Lá ainda deviam encontrar-se o comandante Portilho, o Roque, o Bonifácio e toda a tripulação do Palhaço, ávidos pela desforra. E como subir o rio, contra a correnteza, se ninguém sabia manipular o velame do barco? Mas a última vontade de um moribundo é ordem sem discussão. Tinha que ser cumprida, custasse o que custasse. Já na cabina de comando do barco, lembrou-se Pilin do facho de luz. Lá estava o facho, diminuto, ao longe. Pensou que talvez ali estivesse a solução para o enterro do mateiro. Se não fosse, porém, a vila dos Tapajós, a solução teria ficado mais difícil, porque estariam mais distante de Itaituba. Chegaram Gito e Raiol. Pararam abruptamente.

— Olhe a luz, seu Pilin, agora dá pra ver.

— Dá pra ver agora uma ova. — Reagiu Pilin. — A luz está lá faz muito tempo. Só que agora vocês estão de olhos abertos. Peguem os varejões. Vamos encostar o Palhaço na margem esquerda do rio.

Os dois ficaram estáticos.

— Encostar?

— Sim, encostar.

— Pra enterrar o tio Tobias?

— Sim. Em Itaituba.

XII

— Mulato, a luz sumiu.

— Tou vendo, dona Suzel. Isso é arte da cobra, a senhora num sabe?

— Que cobra que nada, Mulato, vamos lá ver o que foi.

— Eu mesmo não. Foi justo por aqui que o meu pai viu uma noite um navio todo iluminado subindo o rio. Vinha ele mais minha mãe na montaria e eu na barriga dela, quando o navio apareceu. Ele parou de remar e ficou espiando. Num havia ninguém dentro do navio. De repente, no que ele piscou o olho, o navio sumiu. E foi questão de contar um, dois, três, veio a maresia tão forte que a montaria emborcou. Meu pai dizia que a luz era o olho da cobra. No que ela mergulhou, a luz sumiu. Padre, Filho, Espírito Santo, Amém.

— Tudo bem, Mulato. Mas nós vamos lá ver se é mesmo cobra-grande.

Não houve grito. Não houve protesto. Não houve

conselho que demovesse Suzel. Resmunga pra cá, resmunga pra lá, Mulato teve mesmo que empurrar o bote pra água e começar a remar, ele na popa, Suzel na proa rio acima. Batia um ventozinho gostoso de manhã se aprontando pra sair. Suzel molhou a mão, lavou o rosto, espantou a ressaca da noite indormida. Voltou-se para Mulato:

— Quanto tempo a gente chega lá?

— Num sei não. — Respondeu Mulato. — A correnteza tá forte, o vento contra. Umas três horas.

E três horas se passaram. Nada do navio. Foram subindo o rio, plena manhã, sol nas costas, sol a pino, meio-dia, sol na cara, a tarde entrando, fome incomodando, veio o crepúsculo. Nada do navio. Mulato estava exausto. Parou de remar. O bote ficou de bubuia. Reclamou:

— Num lhe disse, dona Suzel? Isso é obra da cobra. Ela engana a gente

Suzel não respondeu. Mas não era de desistir nem de dar braço a torcer. Deu bastante tempo a que Mulato se recuperasse. Não sabia o que fazer. A nostalgia da hora abateu-lhe o espírito até o desânimo. Sentiu-se pequenina e indefesa, um microscópico grão de areia perdido no universo. Olhava para as margens do rio, olhava rio acima, olhava rio abaixo, desesperadamente, em busca de um movimento qualquer que lhe denunciasse a presença de um semelhante vivo. Mulato estava ali, sim, estafado, arriado, olhos fechados, possivelmente dormindo, não era, pois, um semelhante vivo, que o sono é morte provisória. A solidão doía nela. Sem comando, o bote descia na correnteza lenta, ora de proa, ora de popa, ora de atravessado. Sentiu vontade de chorar. Sentiu medo. Sentiu raiva. Congestionamento de sensações indefinidas. De repente estava em pleno Palácio do governador da província do Grão-Pará, oito horas da noite, salão imenso, mesa comprida, cadeiras senhoriais em volta, à cabeceira o presidente Francisco Vinagre, no primeiro lugar do lado direito o padre Casimiro, os demais lugares todos tomados por homens inquietos que mal continham a expectativa da palavra do novo chefe. No salão, afastado da mesa, no janelão mais próximo, Lavor Papagaio também chamado por Vinagre, Suzel a seu lado, sem qualquer razão de estar no ambiente, apenas acompanhando Lavor, com quem se encontrara na praça em frente, tanto tempo desencontrados, muito assunto a conversar. Finalmente a voz do jovem presidente, titubeante, espantado com sua condição de autoridade maior. Falou apenas que o padre Casimiro era seu secretário, incumbindo-o de anunciar a equipe do novo governo. O padre tomou conta da reunião, voz pausada, firme e enérgica, dono da situação. Ajudantes-de-ordens: Francisco Fernandes de Macedo Gavião para o comando dos Municipais Permanentes e da Primeira Companhia. Antônio Vinagre para o comando do Forte do Castelo. Pedro Figueiredo para o comando do Arsenal de Guerra. Raimundo Oliveira Vinagre para o comando da Segunda Companhia. Manuel da Silva Paraense e Francisco Xavier Gomes do Amaral para o comando da Terceira Companhia. Raimundo José Coutinho para o comando das forças aquarteladas no Convento de Santo Antônio. Anunciada a equipe, todos presentes, cargos aceitos, o padre Casimiro disse dos propósitos do novo governo. Hora e meia depois o grupo se dispersou. No salão, apenas o padre Casimiro e Vinagre. No janelão, meio na penumbra, até então ignorados, Lavor e Suzel. O padre, que havia levado cada um à porta de saída, respirou fundo, retomou seu lugar.

— Sim, senhor. Vamos à redação da proclamação ao povo.

— Fique à vontade. — Disse Vinagre, levantando-se.

Lavor fez-se notar. Vinagre levou a mão direita à cabeça, como que se desculpando. Veio até o janelão. Reconheceu Suzel:

— Você mais uma vez?

— É. Eu mais uma vez.

Lavor contou a Vinagre de quem se tratava. Enquanto rememorava os dias de convívio diário, na redação do "Sentinela Maranhense...", Suzel observava Vinagre a meio metro de distância. Não o julgava tão jovem. Vendo-o calmo e paciente a ouvir a nervosa narração de Lavor, mal podia crer que era o mesmo homem que vira enfrentar arrogante o presidente deposto. Dando vazão à sua verve de repórter, Lavor passou às perguntas, sem esperar respostas. O que Vinagre pretendia fazer, a cidade naquele estado deplorável, o povo espavorido e faminto, comércio fechado, a intranqüilidade, a insegurança, o medo, a reação do governo imperial? Em meio a tantas perguntas, Vinagre interrompeu Lavor:

— O governo imperial. Não tenha dúvida de que a reação vem a caminho desde que Lobo de Souza caiu e

Malcher tomou conta do poder. Não teremos chance nenhuma de resistir e manter o poder. O movimento já cumpriu sua finalidade de protesto. Penso que resistir é sacrificar inutilmente toda a população da província

Lavor interrompeu o presidente:

— A população da província é de apenas 150.000 habitantes. Não é tanta gente assim. E se reuníssemos toda essa população espalhada no território?

— Como assim? — Inquiriu Vinagre.

Prosseguiu Lavor.

— Conheço uma região na província que parece o próprio Éden. Clima bom. Montanhas. Planícies. Vales. Rios. Florestas. Peixes. Animais silvestres. Terra fértil. Minério.

— Onde é esse lugar? — Perguntou Vinagre.

— Depois eu lhe digo. — Negou Lavor.

— E aí? — Provoca Vinagre.

— Aí que, ao invés de ficar esperando que o governo imperial venha tomar satisfação e desmoralizar o movimento, você poderia, enquanto é tempo, mandar juntar toda a população da província e tomar conta daquele lugar. Deixa a cidade pra eles.

Primeiro um quase imperceptível sorriso, depois os alvos dentes à mostra, finalmente uma gargalhada. Vinagre não conseguia controlar o riso. O padre Casimiro levantou-se incomodado na redação da proclamação ao povo. Suzel meio assustada. Lavor agastado.

— É, Lavor, você com sua fértil imaginação.

Lavor volta a insistir:

— Parece loucura. Mas pelo menos pense nisso, a partir de amanhã, quando conseguir enxergar a nossa triste miséria. Me chame então que eu lhe digo o lugar.

O padre Casimiro terminara o texto da proclamação. Lá fora a noite estava bem avançada. Lavor e Suzel se retiraram após amistoso aperto de mão de Vinagre. Na mente de Suzel ficara a imagem forte do jovem dono do poder, essa mesma imagem que agora emergia do fundo das águas, na noite escura que envolvera o diminuto barco, ela na proa, Mulato na popa, já desperto, calado, quieto, esperando ordem. De súbito, gritou Suzel:

— Mulato, olha lá a luz!

— É a cobra, dona Suzel.

— Que cobra que nada! Vamos remar pra beira. É o Palhaço.

XIII

Cabânia brotava após setecentos e setenta e sete dias de trabalho ininterrupto, quatrocentos e setenta e sete pessoas coesas e decididas, voltadas ao mesmo fim, sob a liderança entusiasta e participante do ex-panfletário Lavor Papagaio. Em tão pouco tempo não se teria jamais começado uma cidade, nem mesmo uma Vila que prestasse, mas fora suficiente ao preparo de um bom lugar para um estado de espírito. Em todo o imenso território amazônico, aquele pedaço das Ilhas Anavilhenas era o próprio Éden. Maior tarefa fora dotá-lo da infra-estrutura mínima ao novo animal que não voa e nem se arrasta, não vive em galhos e nem no fundo das águas, o homem, "esse bicho da terra tão pequeno", que vive em grupos, precisando proteger-se de outros grupos, enquanto com ele não se entenda. Quatro horas da tarde. O grupo precursor inaugurava a obra de maior porte, sem palanque e sem comício, sem discurso e sem foguete, um banho apenas, banho coletivo, na bica gigante, que se levantara em declive, partindo da encosta da montanha, em cascas de samaumeiras gigantes suportadas por forquilhas de acapu, cinco quilômetros de extensão. As pessoas se aglomeravam embaixo do terminal da bica, enquanto alguns homens, na encosta da serra, levantavam a última casca sob o curso da vertente de águas cristalinas que desciam em borbotões. No momento em que conseguiram firmar a última casca, a água desceu veloz pela bica e em poucos minutos banhava os pioneiros, quilômetros além. Logo veio a noite.

Acenderam-se as resinas nos archotes e Cabânia se fez iluminada, toda iluminada, pela primeira vez, sem necessidade, só para ver ficar bonita. Lavor esperou que as pessoas se agasalhassem. Quando tudo estava quieto, entrou na via subterrânea, descendo quinze degraus abaixo do solo. De começo um imenso buraco cavado na terra preta-amarela-branca-pedregosa. Depois, dez metros de largura, raízes enormes varando as paredes laterais. Do teto, pendiam figuras-raízes estranhas ora parecendo braços entrelaçados, ora mãos em súplica, ora corpos deitados, ora barbas do pai eterno, ora chifres, ora enfim tantas figuras quantas a imaginação de qualquer um fosse capaz de conceber na iluminação escassa da fluorescência de pedras embutidas por toda parte, o vento entrando e saindo, silêncio de vozes, apenas sons da natureza. Um quilômetro depois, a saída, subindo 20 degraus. Levava duas horas de caminhada subterrânea na Via da Meditação. Lá fora o descampado se banhava em noite de luar. Lavor sentou-se no chão para deixar-se impregnar da magia do instante. Experimentou a sensação de estar flutuando, como se o espírito se desprendesse do corpo e voasse por sobre o capinzal. A começar dali, da saída da Via da Meditação, já não era o descampado, mas o Parque Nacional da Poesia. As pessoas e os animais andavam a sete centímetros do solo e a sete centímetros do solo se erguiam árvores baixas de copas cheias, folhagens brancas, vermelhas, lilases, cor-de-rosa, azuis, de todas as cores, menos o verde habitual. Os frutos das pequenas árvores eram poemas, de que as pessoas se alimentavam. A vegetação aérea era toda em quadras, redondilhas e sonetos de que até os animais se alimentavam. Não havia casas, o sol era sempre em penumbra, o vento era sempre em brisa e a chuva vinha do solo projetada sobre as raízes da vegetação. A noite não vinha, porque nunca fora. O amor era o ato mais lindo da criação e as pessoas não se escondiam para fazê-lo, mais parecendo transe místico, comunicação total, integral absoluta. De cada ato de amor nascia de imediato um novo ser, sem choro, nem dor, colhido pelo pai na fonte da vida, para banhá-lo nas águas purpúreas que ficavam a jorrar de todas as árvores. Duas ou mais pessoas, animais ou coisas, podiam ocupar o mesmo lugar ao mesmo tempo e não havia espaço. Não havia doença nem morte nem tempo. Havia começo, mas não havia fim. Ninguém precisava falar para se fazer entender. A integração se dava pela percepção. As pessoas não usavam roupas, que não se tinha noção da nudez. Ninguém tinha nome, todos eram iguais, padronizados exteriormente pela beleza interior e pela essência da felicidade perene. Ao centro do parque, de uma árvore imensa, jorravam sons equilibrados em melodia, ritmo e harmonia, fazendo a síntese musical de todos os tempos. Quando o Conselheiro Trovão ergueu o corpo rijo de Lavor, percebeu que, ao contrário do que julgava, o homem estava vivo. Recolocou no solo. Lavor, embora com os olhos arregalados, reagiu como se despertasse de sono profundo. Aos poucos foi tomando consciência do ambiente, sol a pino lhe queimando o rosto, aquele monte de gente apreensiva à sua frente. Perguntou:

— Que foi que houve?

E o Conselheiro Trovão:

— Você tinha sumido faz mais de mês.

— Que mais de mês, Conselheiro, vim aqui apenas descansar um pouco.

— Passe a mão no rosto e sinta a barba de um mês.

Lavor passou a mão no rosto. Sentiu a barba. Levantou-se de um salto. Assumiu o comando:

— É. Vamos ao trabalho!

XIV

O Conselheiro Trovão veio à frente do grupo que andara à procura de Lavor. Afora a barba fechada e a tez empalidecida, Lavor não parecia homem de 30 dias de jejum. Estava forte, firme e rijo, caminhando logo atrás do Conselheiro. Disse o Conselheiro:

— Não estou entendendo, mestre Lavor.

— O que não está entendendo, Conselheiro?

— O mestre passa sumido 30 dias, a gente o encontra estendido no chão, sol a pino, suando feito tampa de chocolateira, magro e esquelético como quem faz muito tempo que não come nem bebe e ele está aqui andando igual aos outros.

— O corpo, Conselheiro, é apenas instrumento do espírito e da força da mente. Posso lhe garantir que meu espírito comeu e bebeu do bom e do melhor.

O Conselheiro ficou calado e não deixou de considerar consigo mesmo se mestre Lavor não estava piradão. Acelerou os passos. Lavor comentou:

— Noto que os pioneiros ganharam novo líder.

— Que é isso, mestre Lavor! Não quis tomar o seu lugar!

— Não interprete assim, Conselheiro. Estou é muito feliz com isso. Significa que devemos armar o Patagônia, posso partir para Belém, embarcar o Vinagre, encontrar com os retirantes no ponto combinado e virmos todos. Cabânia já existe!

— Ainda falta muito, mestre Lavor.

— Não falta mais nada, é só cada um descobri-la dentro de si mesmo.

Mais uma vez o Conselheiro Trovão ficava atônito e não entendia mestre Lavor, que certamente precisava de alimentação e repouso. "Também, com tanto sol na cabeça", pensou o Conselheiro. Em frente na mata, maior claridade prenunciava o descampado, o rio próximo e Cabânia. Venceram mais um pouco de mata, ultrapassaram o capinzal, vento refrescante, ali estava o que para o Conselheiro viria a ser Cabânia, que para Lavor já existia dentro de cada um, dentro dele sobretudo. Tudo deserto, ninguém, nem os animais. Lavor indagou do Conselheiro, sem palavras, apenas levantando os olhos. O Conselheiro esclareceu:

— É a colheita do arroz, mestre Lavor. Vamos parar pra descansar.

— Já descansei bastante, Conselheiro. Vamos à colheita.

Seguiram em frente. Logo encontraram intenso movimento. Homens e mulheres caminhavam em direção aos silos que se haviam construído em número de vinte e sete, para abrigar a colheita de arroz de várzea. Traziam uma cesta em cada mão. Cestas cheias de mãos-de-arroz. Entravam nos silos. Descarregavam as cestas. Voltavam à várzea, água a meia-perna, água até os joelhos, água até a cintura, os pioneiros cortavam os cachos louros de arroz, munidos de anéis de embira. O grupo do Conselheiro Trovão se integrou à faina. Até que o sol se pôs. E todos voltaram a Cabânia. Veio a noite. Acenderam-se as tochas de resina. Dentro em pouco, o ar estava impregnado do cheiro bom de caça assando, peixe moqueando, molho de pimenta-de-cheiro. Muitos se banhavam nas bicas, outros mergulhavam no rio. Depois vieram reunir-se em torno dos moquéns. A lua chegou grande, branca e cheia. Da barraca do tapuio Pinduca se ouviram os primeiros sons de instrumentos de corda e percussão. Dentro em pouco, toda a comunidade balançava ao som do carimbó, dorso da mão direita na testa, costa da mão esquerda nas ancas, dois passos miúdos com o pé direito pra frente batendo no chão, o pé esquerdo acompanhando, calcanhar ligeiramente levantado, faceirice no rosto. Toda a comunidade se integrara ao som e à dança. À pouca distância, mestre Lavor e o Conselheiro Trovão discutiam a conveniência de armar o "Patagônia" para a missão final, voltar a Belém, embarcar Vinagre e quem mais quisesse, retornar, parando no ponto de encontro combinado, à margem esquerda do rio, integrar-se aos barcos vindos de Itaituba e tomar o rumo de Cabânia. O Conselheiro achava tudo muito precoce. Argumentava:

— Veja, mestre Lavor, como ainda falta quase tudo. Temos pronto o sistema de abastecimento de água; temos as barracas, vinte e sete silos, uma via subterrânea e só.

— E precisa mais do quê, Conselheiro? Por acaso pensa que pretendi fazer uma cidade? Viemos em busca de um bom lugar, que desse mais fácil acesso ao estado d'alma. O lugar em si não interessa ao bem-estar e à felicidade de ninguém. Estamos bem ou estamos mal em qualquer lugar, de acordo com o nosso estado de espírito. A alma e a mente é que importam. A idéia desta Cabânia surgiu apenas da necessidade de escapar à Regência. Insurgimo-nos contra a prepotência do governo, fizemos uma Revolução, tomamos o poder da província, o governo central vai reagir com violência, aliás a reação já estava a caminho quando partimos. Não teríamos condições de resistência. Por que expor-nos ao massacre, se o território é imenso? Aqui temos terras, aqui podemos autogovernar-nos. Mas, sobretudo, daqui cada um pode alcançar sua Onira, bastando que aprenda a descobri-la dentro de si mesmo. Entre naquela Via da Meditação, pense, retorne ao seu passado, depure-se e surja da Via para o mundo ideal e imaginário que quiser.

O Conselheiro Trovão ouvia sem interromper. Já não pensava que mestre Lavor estivesse pirado. Quantas vezes ele próprio não buscara, na abstração, um mundo ideal diferente, abandonadas no mundo real todas as suas angústias, todas as suas ansiedades, todos os seus problemas insolúveis? Deu-se conta o Conselheiro de que tinha até por hábito ficar deitado e imaginar que de repente a rede saía voando, ele dentro, por sobre árvores, rios, igarapés e serras e nesse exercício mental acabava encontrando o sono físico. Começou a entender que a Via da Meditação do Lavor poderia funcionar como prelúdio de fuga, o que explicaria o desaparecimento do mestre por cerca de 30 dias. Quis pedir explicações a Lavor, quando o som do carimbó cessou de supetão, provocando o mesmo efeito do estrondo dentro do silêncio:

— O que foi? — Indagou Lavor.

A resposta veio bem rápida nas pernas longas da desgraça:

— Mataram o Sapuca. — Apressou-se alguém a vir dizer.

O que foi, o que não foi, por que foi, o Sapuca estava ali, esparramado no chão, olhos esbugalhados, o peito ensangüentado, no meio da poça, aquele monte de gente olhando, mais gente chegando pra ver o cadáver, que o homem, engraçado, não consegue acostumar-se com morte e casamento; por isso corre, se estica, sobe, contanto que dê um jeitinho pra ver o morto ou pra ver os noivos. O morto lá, olhos muito abertos para o infinito.

— Com licença... Com licença...

Mestre Lavor se aproximou, cerrou-lhe os olhos, cobriu-lhe o rosto com a camisa surrada. E perguntou:

— Quem matou?

E o pessoal em coro:

— Foi o Jesuíno!

Mestre Lavor determinou providências para a remoção do cadáver. Afastou-se do grupo. O Conselheiro veio atrás. Vieram alguns contar que o Sapuca pagara caro pela incontida mania de apalpar as mulheres. O Jesuíno dançava com a mulher, o Sapuca dançava perto, vez em quando procurando roçar as nádegas nas da mulher de Jesuíno, até que este percebeu e deu-se a desgraça, sem discussão. E como ficava agora a família do Sapuca, mulher, sobrinha, o pai já velho e quatro crianças? O Jesuíno, depois da facada certeira, ganhara o mato e com toda a certeza não voltaria

— Ele vai voltar. Não tem pra onde ir. — Garantiu mestre Lavor.

Finalmente sós, o Conselheiro e Lavor se encararam. Perguntou o Conselheiro:

— E agora, mestre Lavor, como é que fica a nossa Cabânia?

— Aí é que está, Conselheiro; a nossa Cabânia não é isto aqui, está mais além, a partir de onde vocês me encontraram, dependendo de cada um saber descobri-la. Enquanto isso, aqui, como em qualquer lugar onde houver agrupamento, ocorrerá a desgraça e a miséria.

— Creio que com o que acaba de acontecer, o mestre não pensa mais em armar o Patagônia e levantar vela para Belém. Pelo menos por enquanto.

— Como não, Conselheiro? Está na hora. Preciso ir. Está passando do tempo. Não sei como o Vinagre está se agüentando. Queira Deus eu não chegue tarde demais.

O Conselheiro maldisse a hora em que tomara iniciativa durante o desaparecimento de Lavor. Sem pensar nem querer, fizera-se líder na comunidade e agora não havia recuo, o jeito era assumir.

— Mas, pelo menos, mestre Lavor, me diga o que devo fazer neste caso.

— Mas ora, primeiro enterre o morto. Depois julgue o vivo. O problema é como julgar. Não queira impor à comunidade o sistema falido que conhece. Graças a Deus, ninguém por aqui se lembrou de trazer nenhum Código de Processo Penal, com centenas de artigos, partes gerais, partes especiais, não vieram juízes, não vieram advogados não vieram promotores, não vieram oficiais de justiça, não vieram escrivães, não vieram ministros. Nada veio de tudo quanto possa complicar e não fazer a boa Justiça. Pegue o homem, se ele não voltar espontaneamente, o mais rápido que puder, ponha-o diante da comunidade, deixe que diga seus motivos e ele será julgado e apenado serenamente segundo o Código que existe dentro de todo mundo. Se o conselheiro achar melhor, pode lembrar à comunidade que o criminoso deve ser julgado de acordo com o Código de Cabânia, constituído de dois artigos:

"Art. 1°. Amar a Deus sobre todas as coisas.

Art. 2°. Amar ao próximo como a si mesmo."

XV

Quem se postasse à frente do Palácio do Governo àquela hora da madrugada, não cismaria que alguém pudesse estar lá dentro. Até a guarda cochilava inútil, mesmo porque ignorava que o presidente Francisco Vinagre permanecera em Palácio depois que o padre Casimiro encerrara seu dia às onze horas da noite. O presidente quis ficar só. Mãos para trás, passos lentos, cabeça baixa, andou quilômetros de lá para cá, de cá pra lá, na imensa sala presidencial, até sentir-se fisicamente cansado e a mente em repouso. Refestelou-se na cadeira senhorial da mesa de trabalho, pés sobre esta, abriu os botões da túnica, deixou que os braços caíssem relaxados, recostou a cabeça no espaldar. Não lhe agradava a incômoda companhia do silêncio. Mas precisava arrumar a mente, se a tanto lhe permitisse o séquito alvoroçado de imagens da solidão. Primeiro fez-se impassível diante do cortejo confuso de fatos, pessoas, palavras, frases, gritos, protestos, bajulações, pedidos, ameaças, choro, gemidos, risos, gargalhadas, disparos de arma, sangue, velas, embarcações, irmãos, pai, mãe, amigos, deserções, multidão. Depois assumiu o comando da mente, dizendo em voz alta: "Chega". Espantadas, desfizeram-se as imagens. O presidente vasculhou as gavetas, tirou papéis, recolocou papéis, mexeu, remexeu, primeiro nervosamente, depois calmamente, falando: "Estava aqui, tenho certeza, não é possível, o Lavor me entregou, deixei em cima da mesa, o padre Casimiro perguntou de que se tratava, expliquei que era um *croquis* para se chegar a Cabânia, ele achou graça da loucura de Lavor, achei graça também, apenas para não lhe parecer igualmente louco, embora até mesmo já houvesse autorizado a operação-retirada; quando fiquei só, me lembro que guardei o mapa na primeira gaveta, mas aqui não está". Desistiu da busca. Pensou: "Se tudo deu certo, o Lavor está voltando dentro de poucos dias, o jeito é esperar. Será, porém, que o desaparecimento do *croquis* não tem nada a ver com o padre Casimiro? E o boato espalhado na cidade de que pretendo evadir-me, depois de entregar Belém ao capitão-tenente Pedro da Cunha, não terá relação com o desaparecimento do *croquis* do Lavor? Se até meu irmão Antônio, se até o Angelim, se até o Gavião andam me olhando de esguelha, o que não pensará o padre Casimiro? Estão todos loucos e transtornados. Que querem mais? Sangue, destruição, fome, miséria? Ou pensam que temos condição de sustentar esta rebelião por mais tempo? Já não valeu o protesto? Já não valeu tanto sangue, tanta morte, tantas atrocidades? Ou pensam que a Regência vai ficar esperando indefinidamente e que vai aceitar a província do Grão-Pará declarar-se separada do resto do país? O comandante Pedro da Cunha, está certo, é um enxerido, ou melhor, o Senhor Presidente do Maranhão Antônio Pedro da Costa Ferreira é que é o enxerido; Pedro da Cunha é só preposto do presidente, que nada tinha que vir se meter por aqui, pretendendo arrumar a casa que não lhe pertence. O padre Casimiro, o Antônio, o Angelim, o Gavião, todo mundo devia saber que jamais entregarei a província do Grão-Pará ao emissário do presidente do Maranhão. Mas ao emissário da Regência entrego mesmo e vou embora, volto para de onde vim, reintegro-me à natureza, que já estou cheio de tudo isto, gastando inutilmente a força de meus vinte e poucos anos, politicagem besta, insinceridades, traições, jogo de interesse, eu feito presidente, mero instrumento de velhas raposas, era preciso que a mosca azul me mordesse, vou embora sim, senhor, quem sabe Cabânia do Lavor não substituirá tudo o que perdi pra sempre quando embarquei estupidamente nessa canoa furada do Malcher; ficar por aqui não posso, tenho que ir pra bem longe. Mas, antes, é preciso ficar, até que a Regência cobre a devolução da província. E, por enquanto, o povo precisa saber que não sou traidor". Pegou papel caneta e tinteiro. Redigiu:

"Paraenses! Sensibilizado eu sobremaneira com a notícia que chegou ao meu conhecimento de que pretendo evadir-me desta província com o fim de vos entregar a esses que julgais vossos inimigos, é do meu dever protestar solenemente perante vós e o mundo inteiro que jamais me retirarei desta província para semelhante fim, e que será mais fácil retrocederem as águas do Guajará que eu deixar de trabalhar a prol de vossa felicidade e interesses; do que exuberantemente tenho dado provas. Eu sou paraense, vosso amigo, e como tal de nenhum modo poderei sobreviver a vossa ruína e infelicidade e firme nestes princípios, eu com os que me cercam e que também são possuídos dos mesmos princípios, estamos preparados e prontos para rebater qualquer porção de mal-intencionados e desordeiros, que porventura ouse perturbar nosso sossego, a fim de que não possamos fruir os suaves frutos da legalidade que prestes está a aparecer em campo. Apartai de vós idéias que, querendo ofuscar minha glória, querem igualmente cavar nossa ruína. Tranqüilizai-vos, e comigo contai sempre, porquanto desejo antes que minhas cinzas sejam misturadas com as vossas do que deixar-vos sem que seja no estado de plena liberdade legal e felicidade perenes. Viva a religião Católica Apostólica Romana! Viva o imperador o Sr. Dom Pedro II! Viva a Assembléia Geral Legislativa! Viva o Povo Paraense, respeitador do sossego público e amigo da legalidade". Pronto. De um só fôlego. Leu. Releu. Lambeu a cria. Deu o título de "Proclamação". Riscou "Proclamação". Exarou: "Proclamação ao Povo Paraense". Riscou de novo. Preferiu apenas "Ao Povo Paraense". Pensou: "O padre Casimiro quererá cortar, acrescentar, dar outro título ou achar que devo ficar calado. Mas desta vez vai ser como eu quero. Afinal de contas não é ele que está sendo acoimado por aí como traidor. Ora, eu traidor, ora eu traidor. Estão loucos". Foi até o janelão. Abriu uma banda. Recebeu no rosto o impacto frio do ar da madrugada vindo da baía de Guajará. A pecha de traição lhe deprimia o espírito. Lembrou-se de Confúcio ou sabe lá quem: "Por que tens tanto ódio de mim se nada fiz por ti?" Então tinham razão em começar a odiá-lo, a ele que tanto fizera por tantos. De repente percebeu a origem de todos os boatos. Ele mesmo era culpado. Devia saber como se costuma distorcer a mensagem falada. Lembrou-se que encarregara muitos, indiscriminadamente, já não lembrava quem, de pregar a idéia de Lavor. E Lavor? E Suzel? Não teriam eles mesmos propalado a adesão do presidente, como meio de persuasão? Afastou a idéia. Nem Lavor nem Suzel teriam tido tempo. Fixou o pensamento em Suzel. Foi até a escrivaninha. Remexeu gavetas. Encontrou a carta-relatório que Suzel lhe mandara. Desde a partida da dupla Lavor-Suzel, fora a única notícia que tivera da missão-retirada. Leu de novo o relatório. Flagrou-se preocupado nem tanto com o destino do Palhaço nas mãos de Portilho, aquele louco incendiário que julgava morto nas refregas da vila da Vigia. Estava receoso do destino da moça, sozinha, felizmente com um tal de Mulato, na vila dos Tapajós. "Loucura. Por que não veio com os outros? Em campanha não se olha pra trás, quem ficou, ficou". Lembrou-se de que a moça não era soldado. "Estranha mulher. Pensando bem, uma mulher bonita. Estranha, sim. Desde as roupas. As poucas vezes que a vi, vestia-se como homem, estava em lugares onde só homem devia estar, talvez por isso a olhei e tratei como homem. A primeira vez, se bem me lembro, foi ao pé da escadaria do Palácio, depois do primeiro incidente com Malcher, ela me aplaudindo solitária, eu perguntei: 'Quem é você?' Ela apenas disse: 'Meu nome é Suzel'. Fui embora, esqueci. Depois ela me aparece com o Lavor, no dia em que assumi o governo. Parecia mais empolgada do que o Lavor na fantástica idéia da retirada da população para um novo lugar, que chamava de Cabânia:

" — É isso mesmo, presidente. — A voz dela era mansa, macia, mas determinada. — A Regência vai reagir. Como vão resistir? Mais morte, mais desgraça, pra quê? Vamos embora, tem muita terra, tem muita riqueza, isto aqui com certeza é o pior que temos, foi o primeiro lugar que Caldeira Castelo Branco encontrou e foi ficando e se instalando por mera comodidade. Veja que com um pouco de menos comodidade e menos preguiça teria fundado Belém às margens do Oceano, alguns quilômetros à frente. Vamos descobrir a nossa própria terra, sem morrinha de português.

" — Morrinha de português?

" — É. É isso mesmo. Me mostre o que presta aqui. Deixe isso pra eles. Encontramos novo território, fazemos nosso próprio governo e guardamos pelo menos o que encontrarmos de melhor. Ou você pensa que a vastidão desta província não acabará sendo retalhada para abrigar o mundo inteiro?

"A índole machista do presidente não lhe dava espaço psicológico para admitir que ela, Suzel, é que o convencera a dizer finalmente a Lavor: 'Está certo, executa o plano que tens, enquanto seguro a situação o tempo que for preciso'. Tinha que reconhecer agora um grave erro: o movimento que o levara ao poder não era obra sua ou somente sua e, portanto, não teria como controlar as paixões e os interesses pelo tempo que fosse preciso. Ou o Lavor voltava em tempo ou já não o encontraria no poder."

XVI

Manhã cedo. Tempo bom. Mulato, Gito, Raiol, Suzel por perto, levantavam as velas do Palhaço, no apronto da partida. De repente, aquela voz conhecida de todos:

— Olha aí! Cuidado!

Voltaram-se. Assustaram-se. Num relance pareceu-lhes estarem diante de Portilho. Recompostos do impacto, reconheceram o novo Pilin, raspada a barba de anos a fio, metido na farda branca de Portilho. Como se mantivessem estáticos, Pilin reagiu:

— Alguma visagem? Sou eu. Sou eu mesmo. Nunca me viu, seu cara de pavio? Vamos embora!

Suzel falou pelos demais, uma pitada de ironia na voz:

— Sim, senhor co-man-dan-te!

Como para comandante só faltasse a farda e agora estivesse completo, a partir de então Pilin deixou de ser Pilin. Era o comandante, que nenhuma democracia dispensa, mesmo sob a alcunha de líder. E, pelo jeito, o comandante estava com pressa:

— Se a gente não se avexa, vamos perder o terral.

— Tá arriscado, comandante. — Sentenciou Raiol.

— Tá arriscado por quê? — Indagou Pilin.

— O Velho Aníbal saiu de madrugada, ele mais o Migo, entrou na mata e até agora nem sinal.

Nem bem Raiol acabara de falar, varou da mata o Velho Aníbal e seu ajudante Migo, carregados de folhas. À medida em que se aproximavam do barco, um cheiro bom impregnava o ar. Já a bordo, a folhagem descarregada, o Velho Aníbal desabafou:

— Não foi fácil achar as folhas.

— Pra que isso, tio Aníbal? — Quis saber Suzel.

— Num se alembra que hoje é véspera de São João? Vai todo mundo ficar cheiroso. A senhora num quer tomar banho de cheiro cheiroso esta noite? Olha aí: Alecrim-d'angola, chama, manjericão, estoraque, manjerona, catinga-de-mulata, pataqueira, beliscão.

Migo veio com o barril, encheu d'água, esmigalhou a folhagem, jogou dentro, mexeu, remexeu, tampou o barril, perguntou ao Velho Aníbal se estava bom e saiu arrastando a perna esquerda aleijada de nascença. As velas já levantadas no ponto, Mulato mandou desatracar o Palhaço. Gito e Raiol foram empurrando com os varejões, o barco se afastou da beira do barranco e se aprumou na correnteza mansa do Tapajós. Recomeçava a viagem, sessenta dias depois de interrompida com a morte do tio Tobias. A embarcação já não seguia de bubuia. Entendido de lemes, velas, varejões, alfaias e vento, o caboclo Mulato era o mestre do barco. Perguntou a Pilin:

— Pra onde vamos, comandante?

Pilin olhou interrogativo para Suzel. Suzel fez o mesmo para Gito, Raiol e o Velho Aníbal. Ninguém falou. Disse Pilin:

— Vamos descendo o rio. À noite, depois que a lua tiver saído, a gente se encontra no tombadilho.

Mulato mandou levantar de todo as velas, que se enfunaram de vento terral.

XVII

Por volta das dez da noite, cessada a chuva miúda da saída da lua, o céu pontilhado de estrelas, Gito, Raiol, Aníbal, Suzel e Pilin estavam no tombadilho, perto de Mulato, que não largara o leme. Um bom pedaço de capivara assava no moquém. Recendia molho de pimenta-de-cheiro. Pilin perguntou pela farinha:

— Mandei o Migo buscar e até agora... — Esclareceu o Velho Aníbal.

— Também, meu tio, logo o Migo. Daqui pra madrugada ele chega. — Reclamou Gito.

— Ruim com Migo, pior sem Migo. — Sentenciou o velho.

Veio a farinha. Comeram a caça com gosto e fartura. Satisfeitos, até se esqueceram de que certamente não haviam sido chamados ao tombadilho apenas para comer da capivara. Pilin aguardou com paciência que Raiol terminasse de contar como pegara a caça:

— Aí fui tocando ela com o varejão. Ela mergulhava,

boiava, farejava. Quando ela botou as patas dianteiras no barranco, dei-lhe u-ma por-ra-da na nuca, que foi pá queda.

Não querendo ficar por baixo, Gito ensaiou contar como pegara a janta da noite passada. Pilin interrompeu:

— Outro dia tu contas, Gito. Agora me digam: Pra onde a gente vai? Não é melhor parar por uma beira de rio qualquer e ficar por aqui? De bom de doença neste barco só tem nós mesmo. Se a gente segue em frente, sem rumo, sem destino, vai começar a morrer um a um e, não demora muito, vamos nós também pegar doença feia. Em terra se pode separar melhor as doenças, cuidar delas e escapar do mal. Aqui no barco está tudo amontoado, dá pena ver o pessoal gemendo, sobe às vezes um cheiro ruim, que a gente sabe que é do mal sem cura. Pensem.

Seguiu-se longo silêncio. Cada um parecia pesar a incontestável e franca realidade exposta pelo comandante. Suzel conteve vários impulsos de opinar, consciente de que era estranha no meio. Sem dúvida que queria seguir em busca das outras embarcações e realizar o sonho fantástico de um novo lugar ou pelo menos voltar a Belém. Mas ficou calada. Pilin, depois de um bom tempo, provocou:

— Então? Que é que acham?

Para Gito e Raiol não fazia diferença. Tanto podiam ficar, como seguir em busca das outras embarcações. Ou simplesmente ir descendo o rio até onde Deus quisesse. Mulato olhou pra Suzel. Estaria com ela onde ela estivesse. O Velho Aníbal fez um discurso:

— É tudo a mesma coisa, comandante. Num tem lugar mais melhor do que outro. Essa tar de Cabânia num vai ser diferente, o senhor num sabe? Nós é igualzinho em qualquer canto. Mas num tá direito ficar aqui nós tomando resolução da vida dos outro. Lá embaixo tem mais gente e é mais do que nós junto. Vosmecê devia ouvir todo mundo.

O Velho Aníbal tinha razão. Pilin pensou que o que estava fazendo era exatamente o papel do pretenso democrata, que dá à massa a impressão de que o poder emana dela e em seu nome é exercido para, na verdade, mais comodamente, manipulá-la. E, pensando melhor, aquela reunião noturna não passava de pretexto para exibir-se a Suzel, que até agora não dissera uma única palavra. Pilin se sentiu ridículo e o menor de todos. Tinha, porém, que ir em frente. Chamou Migo:

— Me chame o Tapioca lá embaixo. E, a propósito: você quer ir ou quer ficar?

Migo deu de ombros para expressar seu tanto-faz. E obedeceu, levantando-se e dando de andar. Quando se afastou, Gito debochou:

— Lá se vai o tranca-e-chuta.

Suzel reagiu:

— Ele não tem culpa de ter nascido assim, você não acha?

Veio o Tapioca com Migo. Pilin expôs a questão: seguir em frente ou ficar. Tapioca ficou indeciso. Passou as mãos sobre os estigmas da lepra e perguntou pro Velho Aníbal:

— O senhor acha que eu fico bom? Se eu ficar bom, eu quero ir. Se eu não ficar bom, não quero ir, não, senhor. Pra quê? Pra ver meus parentes terem pena de mim? Morro por aqui mesmo.

O Velho Aníbal amenizou:

— A ferida grande do peito está quase sarada. Mostra aí.

— Tá mesmo. Todo dia passo o leite de aveloz e o suco do mastruço. Mas tá abrindo do outro lado.

— Tenha fé, Tapioca. Tenha fé.

— Pois é. Eu não sei. E não sei dos outros. Só perguntando. Vou perguntar. Depois eu volto.

Pilin estava arrasado. Para disfarçar, afastou-se do grupo, enquanto Tapioca demorava. Dirigiu-se à proa. Suzel deu tempo e foi atrás. Encontrou-o debruçado na amurada do barco, aparentemente distraído com o reflexo da lua no fundo do rio. Não percebeu a aproximação da moça. Ela assumiu a mesma posição na amurada, tão junto dele que lhe encostou o braço. Aquele toque remexeu as entranhas do comandante. Não fosse ele tão moreno, não fosse a noite, ela lhe teria percebido o rubor da face congestionada de emoção.

— Que é que há? — Indagou a moça.

De tão embaraçado, ele não disse nada.

— Afinal de contas, me diga, quem é você? — Insistiu.

— Como quem sou eu?

— De começo pensei que você era um autêntico ribeirinho, caboclo nascido e criado por estas bandas; falava a linguagem típica, tinha os mesmos hábitos, paciente, fatalista, marcado das seqüelas do impaludismo, mal cuidado, mal vestido. Agora já não consegue, pelo menos em minha presença, falar a linguagem que o caboclo entende, o que prova outra origem. Agora já não é tão paciente e tão fatalista. Pelo contrário, às vezes é até arrogante, banca mesmo o chefe, dá ordens, cobra, grita, exige, parece saber o que quer e aonde vai. E sua aparência? Raspou a barba, está bem cuidado, roupas brancas, é outra pessoa. Quem é você?

Dois palmos separavam o rosto de Suzel do rosto de Pilin. Cara a cara, olho a olho, Suzel parecia querer captar no rosto dele qualquer sinal da reação interior. Mas Pilin se manteve imperscrutável, frio e distante por fora. Por dentro era ebulição. Fora apanhado em flagrante. A proximidade física da moça lhe alterava todo o sistema endocrinológico. Se tentasse dizer qualquer coisa, provavelmente não conseguiria. Preferiu, pois, fixar os olhos dentro dos olhos de Suzel. Mas foi um desastre. Os olhos dela excitaram-lhe o sexo. Estava sem saber o que fazer, quando Migo apareceu, mandado pela Providência.

— Mestre Aníbal mandou saber se vosmecê vai voltar pra popa?

A inesperada intromissão de Migo resgatou Pilin à naturalidade. Agarrando-se à oportunidade, comandou:

— Vumbora lá.

Pilin tomou a dianteira, apressado. Suzel não se mexeu. Migo perguntou.

— A senhora num vai?

— Vá que eu já vou.

Mas não foi. Migo ficou indeciso. Ela insistiu que fosse e ele foi. Sozinha, voltou-se para o rio e para a lua no fundo das águas. Não queria participar da tomada de decisão quanto ao destino do Palhaço. Mais do que nunca se sentia estranha ao meio, constrangida, peso de culpa por havê-los tirado de seu modo de viver. Tivesse que recomeçar a pregação, talvez não mais o fizesse. Assaltava-lhe a dúvida. Metera-se na empreitada em momento de pura empolgação. Tinha que reconhecer, após dias de meditação, que fora por demais crédula no Lavor e no Vinagre. Empolgara-se com a idéia de Cabânia além dos limites da sensatez. Achava agora ridícula a paixão que alimentava pelo jovem Vinagre. Deixara-se trair pela admiração ao revolucionário, ao líder, aos vinte e três anos do presidente da província. E pensar que até dias atrás só conseguia dormir acalentada pela imagem dele na mente, tentando viver em sonho o amor frustrado que lhe devotava. As poucas palavras que ele lhe dirigira sabia-as todas de cor. E nunca um gesto. E nunca um sorriso. Que idiota que fora! Pilin estava de volta.

— Não quis participar?

— Não.

— Por que?

— Sou mera passageira do seu barco.

— Meu barco?

— É. Seu barco, sim.

— Mereço tanta agressão?

Suzel calou-se. Percebeu que estava descarregando sobre o primeiro interlocutor a revolta alimentada contra si mesma.

— Desculpe. Por favor, desculpe. Como foi lá?

— O pessoal quer seguir em frente.

— E se não encontrarmos as outras embarcações,

como vamos chegar a Cabânia?

— Não sei. Mas sei que se descermos o rio Tapajós e entrarmos no Amazonas, sempre em frente, na correnteza, vamos bater na baía do Guajará. E estaremos em Belém, na velha Belém, não é mesmo?

Suzel pensou um instante. A decisão a reanimara. Num instante reviu todo o plano de Lavor. Pelo tempo decorrido, em Belém não encontraria mais nenhum dos que lá haviam ficado quando se integrara à missão. A esta altura, se já não estivessem todos em Cabânia, estariam quase lá. Tinha que ser assim, já que ela, isolada da sede do comando da idéia, tinha conseguido êxito na retirada mais difícil. O atraso do Palhaço fora o único incidente, mas estava superado. Perguntou nervosamente a Pilin:

— Você já vasculhou a cabina de comando do Palhaço?

— Não. Não vasculhei.

O rosto da moça se iluminou. Pilin viu o mais bonito sorriso que já lhe fora dado ver. Não teve tempo de retribuir. A moça lhe segurou o rosto e aplicou-lhe um beijo estalado no meio da boca.

— Venha. Vamos vasculhar a cabina.

XVIII

Lavor Papagaio dormia sono solto na cabina de comando, na sesta de depois do almoço. A tripulação do Patagônia vislumbrou ao longe o Forte do Castelo de Santa Maria de Belém do Grão-Pará. Tanto tempo fora, os tripulantes se entregaram à saborosa degustação da volta e ninguém se lembrou de acordar o comandante. O Patagônia foi indo. Baía de Guajará adentro, Belém cintilando lá do outro lado. A tripulação não tirava o olho de sobre tantas embarcações fundeadas defronte da cidade. Alguém lembrou que devia ser por causa da procissão fluvial de São Pedro. O vento enfunava as velas. O Patagônia corria solto. Já mais próximo das embarcações fundeadas, a tripulação já não achava que estivessem na véspera ou no dia da procissão de São Pedro, mesmo porque, feitas as contas do tempo, estavam em pleno mês de abril e não no mês de junho. Escaleres, escunas, iates, brigues, corvetas, as embarcações eram de guerra e não de procissão. Em vez de bandeirolas nos mastros, distinguiam-se canhões assestados. Em vez de foguetes, deu-se de repente o estampido característico de canhão, a fumaça fazendo cortina em volta do brigue donde partira a descarga. Lavor acorda assustado, corre ao convés, a decepção e o medo lhe percorrem a espinha.

— Tarde demais, tarde demais. — Disse em voz alta para si mesmo.

Novas descargas de canhões. Lavor entendeu o aviso. Mandou baixar os velames. A tripulação não entendeu a ordem do comandante.

— O vento tá de proa, comandante, deixe o barco correr.

Lavor, porém, foi categórico:

— Baixem as velas ou nos botam a pique.

Do brigue mais próximo vinha o sinal que não passassem da linha das embarcações fundeadas.

— Que está acontecendo? — Indagaram os tripulantes.

Lavor não respondia. Mas não parava de repetir: "Tarde demais!". Pensou em dar a volta e retomar o Amazonas. A idéia não vingaria, pois não iria longe. "E o Vinagre? Estará ainda em terra? Ou já estará preso em um desses brigues? Demorei muito. Não é possível. Preciso dar um jeito". Enquanto Lavor se demorava em conjecturas, um escaler se aproximou do Patagônia. Dois oficiais armados subiram ao convés. A tripulação se retraiu. Lavor os enfrentou. Muitas perguntas. Respostas evasivas. Instaram a que Lavor descesse ao escaler e os acompanhasse. Sem alternativa, Lavor obedeceu. O escaler acostou na fragata Imperatriz. Subiram os degraus de corda.

E lá estava a surpresa no convés: Francisco Pedro Vinagre ao lado de quem logo dava para notar que se tratava do comandante da fragata. Lavor se manteve impassivo, retendo o impacto da surpresa. Não deixou que se percebesse qualquer ligação com Vinagre. O oficial condutor de Lavor perfilou-se diante de seu comandante e fez a apresentação da autoridade:

— Capitão-tenente Pedro da Cunha.

Lavor olhou interrogativamente para Vinagre, que se manteve mudo. E o comandante para Lavor:

— Quem é o senhor?

— Chamam-me de Lavor Papagaio.

Pedro da Cunha pareceu deter-se em consultar os registros da memória, que o nome não lhe era estranho.

— O panfletário Lavor Papagaio, cearense de nascimento, responsável pela "Sentinela Maranhense na Guarita do Pará", foragido.

Lavor reagiu:

— Foragido do governo opressor do Malhado. Mas quando daqui parti, não faz muito tempo, o governo da província do Grão-Pará estava em mãos de legítimo representante de um povo livre, resgatado da opressão. E esse representante está aqui ao seu lado.

Pedro da Cunha indagou:

— De onde está vindo?

— De longas andanças. — Respondeu Lavor.

Pedro da Cunha deu ordem aos oficiais. Que reconduzissem Lavor ao Patagônia. Quando se retiraram, comentou para Vinagre:

— É um homem altivo e corajoso.

De soslaio, Lavor percebeu amizade entre o comandante e Vinagre. Mas não se convenceu da amizade. Vinagre mais lhe pareceu estar fazendo o jogo da conveniência, e Pedro da Cunha o da hipocrisia. "Que cara a desse Pedro da Cunha. Cara de leitão cevado. Jeitão de truculência. Taciturno. Esse passar de mão nos ombros de Vinagre, a diferença de idade... Não sei não". Se tivesse que depor sobre a personalidade de Vinagre, Lavor lhe atribuiria o perfil prototípico do rebelde. Mas tinha que reconhecer: o semblante do líder estava outro; deixara-o com 23 anos, há questão de poucos meses; reencontrava-o agora com todos os pecados do mundo expressos no rosto impenetrável. Já no Patagônia, a tripulação fazendo perguntas, Lavor permanecia absorto, tentando segurar e interpretar cada detalhe do encontro com Vinagre. "Que é que afinal de contas Vinagre estava fazendo com Pedro da Cunha? Capitão-tenente Pedro da Cunha. Comandante Pedro da Cunha. Comandante mandado pela Regência? Tinha que ser, como se previra. Por que Vinagre fez que não me conhecia? Que é que quis dizer com o silêncio? Está muito esquisito". Falou para os tripulantes:

— Está tudo bem, pessoal. Está tudo bem. Mas vamos ter que esperar para atracar.

A noite chegou escura, com ameaça de muita chuva. A tripulação do Patagônia se recolheu mais cedo do que de costume. Assim que a chuva caiu, o único escaler do navio foi baixado. Lavor desceu. A baía estava revolta. Marcou um ponto de luz em terra. Pôs-se a remar. Com muita fé.

XIX

Da visita a Pedro da Cunha, Vinagre retornou direto ao Palácio. Entrou na sala presidencial. Como se houvessem combinado hora certa de audiência, ali estavam a esperá-lo: o irmão Antônio, Eduardo Angelim e o padre Casimiro. Vinagre não escondeu a surpresa e a satisfação de encontrá-los.

— A que devo a honra? Sentemo-nos.

A amistosidade não conseguiu descontrair os semblantes hostis dos companheiros. Eduardo Angelim indagou:

— Diga-nos o motivo da visita ao inimigo.

Vinagre, em gesto característico, coçou a sobrancelha esquerda, ergueu o rosto, passeou os olhos sobre os três, notou que a pergunta de Angelim era a mesma que via nos olhos do irmão e do padre.

— Então é isso? Querem saber o que andei tratando com o comandante Pedro da Cunha? Pois já devem saber que fui negociar a entrega da província a quem de direito.

Angelim reagiu, contundente:

— Como podes praticar tamanha traição? Fazemos uma guerra, tomamos o poder, à custa de tantas vidas, e vais entregar a província ao primeiro sabujo que aparece?

— Já não basta de sangue? — Argumentou Vinagre. — Já não chegam os excessos? Ou pensais que somos mais fortes que a Regência? E o que é que temos feito senão tudo aquilo que detestávamos no poder que apeamos? Por acaso desconheceis o que sempre pensei sobre os rumos da nossa revolução? Já não demos nosso recado? Já não demonstramos que podemos impor-nos? Fique a idéia de que, liderado, o populacho sabe se impor. Mas, pelo amor de Deus, está na hora de evitar que a população venha a ser exterminada. Não dispomos de armas nem de gente para enfrentar a Regência. Temos um imenso território, vamos embora daqui com todos aqueles que quiserem ir, fundaremos Cabânia, criaremos um novo mundo, adotaremos uma nova forma de governar.

Antônio Vinagre olhou para o irmão, compadecido. Angelim pensou, mas não falou: o homem está sonhando. Padre Casimiro meneou a cabeça, desaprovando a fala do presidente. Os três pediram licença, levantaram-se e retiraram-se. Vinagre manteve-se sentado, o rosto cansado, o pensamento perdido no vazio da sala. As horas se passaram, até que, como autômato, levantou-se, saiu da sala e do Palácio, tomou o rumo de sua casa. A rua da Barroca estava escura. Vinagre subia. Os bêbados noctívagos desciam. Um lampião já sem ânimo mal iluminava a entrada da casa. Aquele vulto encolhido sentado no batente. Vinagre parou. Tentou identificar. O boato de traição que se espalhara, os fanáticos, sentiu medo, seria melhor voltar, não, fosse o que Deus quisesse, seguiu em frente, pronto a defender-se. O vulto se fez homem, ergueu-se, o rosto se definiu à luz bruxuleante do lampião. Vinagre o reconheceu. O homem parecia desconhecê-lo. Vinagre se apercebeu de que a contrariedade, a dúvida, a incerteza, o não-saber-o-que-fazer, as decepções, a consciência de erros, o testemunho de atrocidades, de mortes e de extermínio, juntos todos, são capazes de, em tão curto tempo, transmudar a fisionomia de um homem. Na tentativa de fazer-se reconhecer, lembrou-se de sorrir e dar passagem a estrepitoso riso. E correu em direção ao homem, dizendo:

— Ei, Lavor, sou eu. Não está me reconhecendo?

Lavor, embaraçado:

— Desculpe. Estava encandeado com a luz do lampião.

A meio metro do presidente, rosto a rosto, Lavor levou a mão direita ao ombro de Vinagre, para transmitir-lhe apoio e simpatia. Comentou:

— Pareces outro homem.

Vinagre confirmou:

— Pareço não. Em verdade, sou outro homem. Vamos entrar.

XX

Suzel saiu triunfante da cabina de comando do Palhaço. Foi encontrar Pilin no tombadilho, no mesmo lugar em que ficara, ainda atônito com o inesperado beijo que a moça lhe aplicara em cheio nos lábios. Para ela, fora a expressão natural de júbilo pela idéia que concebera. Para ele, fora a primeira experiência de contato físico com uma mulher.

— Achei, Pilin, achei.

— Achou o quê?

A moça agitava o papel no ar.

— Está aqui.

— O que é isso?

— O mapa, Pilin, o mapa. Veja.

À luz da lua, não dava para ver detalhes. Foram juntos à cabina. Aumentaram a chama do candeeiro. Traçado em tinta preta, o mapa indicava a rota de Cabânia. Do ponto em que se encontravam era subir o rio Amazonas, encontrar a desembocadura do rio Negro, atingir o arquipélago das

Anavilhenas e ali estava a região predestinada. Pilin se deteve aos detalhes mínimos. Anotou escala. Traçou linhas retas unindo pontos. Mediu as retas. Fez cálculos. Ao final comentou:

— Teremos nada menos do que cem dias de viagem pela frente.

Suzel mal podia crer no que acabava de ouvir. Ficara muda de espanto. Afinal desembuchou:

— De uma vez por todas, me diga quem é você?

Pilin abriu a porta da cabina, insinuou que a moça saísse, seguiu atrás, voltaram ao tombadilho. O Palhaço mantinha seu curso, sem qualquer pressa, as águas do Tapajós prateando-se de luar, uma paz sideral a tomar conta de tudo. Suzel esperava resposta. Pilin manteve o suspense. Quis desviar o assunto. A moça insistiu:

— Não mude de rumo. Me diga quem é você?

— Você certamente leu *Os Lusíadas*. Há aquela passagem de Inês de Castro, em que o poeta começa assim: "Estavas, linda Inês, posta em sossego". Aí ele continua cantando e contando que o sossego de Inês acabou quando pelas bandas de Mondego apareceu o descendente real e entre os dois nasceu, cresceu e explodiu uma das mais fulminantes paixões de que a história da poesia épica ou lírica dê notícia. Assim como Inês, estava eu posto em sossego, até que você, não sei de onde, apareceu. De começo, fiquei bem quieto na minha, agora já não tão nova, identidade, Pilin apareceu, alcunha adotada à primeira indagação de meu nome. Passei a conviver na comunidade de acordo com seus usos e costumes. Adotei-lhe a linguagem típica e a estrutura de raciocínio. Com o passar do tempo, ninguém suspeitaria que ali não houvesse nascido. Você chegou. Com uma estranha história. Assim como os outros, fiquei retrancado na resistência, desconfiado. A vida que levávamos era boa. Por que mudar? Intelectuais, como você, têm todos a mania de achar que caboclo, coitado, não vive, vegeta, não tem nada, só filho e doença, come mal, é preguiçoso e improdutivo. Não se dão conta de que a necessidade advém do conhecimento. Ora, se não conheço, não sinto necessidade. Garanto que qualquer caboclo vive melhor e é mais feliz do que aqueles que moram em mansões e palácios. Caboclo costuma dizer: "Pra não ter nada, já tenho o suficiente". Intelectual diz que caboclo é acomodado e fatalista. E não é nada disso. Caboclo é antes de tudo um sábio, que vive a natureza. E se for pro céu, quando morrer, usufruirá da plenitude da bem-aventurança eterna, da mesma forma como os filósofos e os teólogos da Santa Madre Igreja, ele, assim como se fosse um pequeno dedal que fica cheio com apenas algumas gotas d'água, estes precisando de muita água. Pensando bem, caboclo no céu dá menos gasto ao Padre Eterno. E não só no céu, aqui na terra também. Mania, portanto, de intelectual pensar que caboclo é marginalizado, desassistido, coitado e coisa e tal. Mas com sua simpatia, seu rosto bonito, sua voz macia, seu jeito dengoso, você acabou conseguindo assanhar o ninho das cabas. Eu entre as cabas, assanhei-me também. E foi então que comecei a ajudá-la, traduzindo aos outros o seu raciocínio e a sua linguagem, dando margem a que suspeitasse de outra identidade. Está bem, ganhou e levou.

Mas não precisa ficar assim temerosa e apreensiva. Não sou foragido de justiça. Não matei. Não roubei. Não estuprei. Por enquanto, vou dar-lhe apenas a síntese da minha vida. Nome civil e de batismo: Ademar dos Anjos Batista, 38 anos, ordenado padre, na Ordem dos Franciscanos, com o nome de frei Acácio; votos de pobreza, castidade e obediência; 10 anos de sacerdócio, muitas decepções, dúvidas e dilemas, até abandonar a Ordem para viver por conta própria o ideal de Francisco de Assis; ponto final.

Suzel manteve o estado contemplativo que adotara a certa altura da narração de Pilin. Com o silêncio, como que indagava mais, não estava satisfeita, queria desdobramentos. Pilin, porém, quem sabe arrependido da forçada confissão, também calado, como que dizia: "Fale alguma coisa". Certo é que para Suzel não teria sido novidade a confirmação de outra identidade de Pilin, mas jamais poderia imaginar que fosse um padre. Esta condição a surpreendera. E não era apenas um padre. Era um padre franciscano. "E pensar que o tenho desejado como fêmea no cio. Esse homem deve ser uma vestal de pureza, um poço fundo de sabedoria, um céu interior mais azul do que o céu tropical". Como a moça houvesse perdido a língua, Pilin provocou.

— Muito bem. Falei de mim. Agora fale de você. Por que uma moça bonita, culta e educada se abandona por estas bandas? Alguma paixão não correspondida?

A provocação surtiu efeito. Suzel baixou à terra e respondeu com aquele sorriso franco e bonito que já de outras vezes, como agora, remexia as entranhas de Pilin e lhe excitava o sexo. Ficou embaraçado. Virou de lado. Deu de andar, procurando evitar que ela percebesse o estado em que ficara. E nem era preciso. Jamais passaria na cabeça de Suzel, como de qualquer pessoa talvez, que um sorriso apenas pudesse excitar um homem. A menos que, por circunstâncias da vida, esse homem nunca tivesse tocado em uma mulher. E era esse o caso de Pilin.

XXI

O Conselheiro Trovão estava arrasado. E não era pra menos. Acabara de assistir ao enforcamento de Jesuíno, após o mais sumário dos julgamentos. Sentiu-se culpado pela barbárie. Depois de perambular três dias e três noites pelo meio da mata o Jesuíno voltara a Cabânia. Isto fora previsto por mestre Lavor, antes da partida do Patagônia. O Conselheiro pensou então que tudo quanto dissera Lavor aconteceria. Lembrava-se bem das palavras: "Ele vai voltar. Não tem pra onde ir". E depois: "Mas ora, homem, primeiro enterre o morto. Depois julgue o vivo. O problema é como julgar". Exatamente como aconselhara mestre Lavor, reunira a comunidade, colocara o criminoso em frente, dera-lhe oportunidade de dizer os seus motivos, ele não disse nada, porque não via certamente nenhuma razão pra tirar a vida do outro por uma simples esbarradela no traseiro da mulher. O Conselheiro anunciou o Código de Cabânia e esperou que o réu fosse julgado conforme o artigo 2º: "Amar ao próximo como a si mesmo". E aí estava o resultado: Jesuíno enforcado com requintes de faroeste norte-americano. Quando indagou por quê, alguém respondeu: "Quem mata deve morrer". E o Conselheiro: "E o amor ao próximo?". A resposta: "Gostava mais do Sapuca". O Conselheiro saiu sem graça e se deu conta descendo os degraus da Via da Meditação. Acorreu-lhe mais uma vez a última conversa com Lavor: "Aí é que está, Conselheiro, a nossa Cabânia não é isto aqui, está mais além, a partir de onde vocês me encontraram, dependendo de cada um saber descobri-la. Enquanto isso, aqui, como em qualquer lugar onde houver agrupamento, ocorrerá a desgraça e a miséria". De começo escura, depois penumbra, adiante à meia-luz de pedras fluorescentes, o Conselheiro palmilhava a via subterrânea. As raízes expostas projetavam sombras fantásticas. Pareceu-lhe subitamente reproduzida na parede lateral esquerda a cena de enforcamento. O assobio da corrente de vento ressoou-lhe como o último espasmo de voz do enforcado. Teve medo. Parou. Quis voltar. Dominou o medo. Prosseguiu, lentamente. Ouviu ruídos. Pensou: "Não estou só". Concentrou-se na direção do ruído. Antes que pudesse distinguir qualquer vulto, os autores do ruído se espantaram em debandada, passando alguns sobre seus pés. "Bolas, são cutias!". Já não sentia nenhum medo. A corrente de ar trazia-lhe o frio gostoso lá de fora. Experimentou uma sensação de bem-estar, para, logo a seguir, arrepiar-se com o pensamento de que morrera e fora enterrado. Flagrou-se rezando a oração de menino: "Santo Anjo do Senhor, meu zeloso guardador, se a ti me confiou a piedade divina, sempre me rege, me guarda, governa e ilumina. Amém". A oração lhe lembrou a avó, o pai, o sítio onde se criara, os pecados de rapazinho com as potras no pasto, a primeira cabocla rachada na mata, o único filho, a casa grande dos Vinagre, as roças dos Vinagre e, por fim, a maldita hora em que aprendera a pegar em armas para brigar em Belém e os homens que abatera feito caça, na refrega com as tropas de Malcher. "E venho pra cá, tão distante, pra diz-que ter um mundo diferente. O que acontece? Tudo igual. Ou pior. Me enforcam o homem na minha cara". Deu de pensar no mundo que esperava. O lugar, está certo, o lugar era o próprio Éden. Se a criação aconteceu no planeta Terra, provavelmente fora ali naquela ilha do arquipélago das Anavilhenas que a vida começara. Tudo era grandioso, bonito, bastante. A vegetação rasteira recobria a terra fértil como tapetes multicoloridos de acesso às catedrais das matas, por entre grossas colunas de sustentação de ogivas. Um coro de vozes mistas entoava sem parar as glórias do Criador, destacando-se a todo instante os variados solos, conforme a hora, ora das aves, ora dos batráquios, ora dos felinos, ora dos macacos, ora das preguiças, ora até dos peixes em piracema. Não fosse o homem o rei da criação e seria o único animal inteiramente estranho ao meio, destoante, demolidor, irreverente às leis da natureza, no uso da razão e da inteligência, que talvez nunca lhe devesse ter sido dada. Da semente disseminada pelo vento nasce a flor, que brota, desabrocha, "encanta os ares com celeste aroma, feliz até morrer. E o homem? Nasce e vive um só instante e sofre até morrer". Porque pensa e raciocina. Aves, felinos e batráquios nascem, crescem, reproduzem e morrem, sem ódios e sem traumas. Porque não pensam e não raciocinam. Quanto mais o homem pensa e raciocina e se instrui e se acultura, mais sofre e se angustia. Salve, salve a ignorância, que jamais precisou de psicólogos, analistas e psicanalistas. A felicidade humana se encontrou mais fácil nas cavernas do que será encontrada no coração das nova-iorques de todos os cantos do mundo. De forma mais simples, compatível com a estrutura do raciocínio do homem de campo, quase que sem instrução, formado, porém, nos bancos de escola dos embates da vida e no convívio de pessoas ilustradas, aquele era o pensamento do Conselheiro Trovão, já ao fim da caminhada na Via da Meditação. Subiu os degraus de acesso ao solo, em estado teológico de bem-aventurança. A forte rajada de vento que varria o descampado nada lhe disse ao corpo. Nem viu se era dia nem se era noite. Percebeu montanhas ao longe, depois dos capinzais. Num átimo estava no sopé das cordilheiras imersas em cores oníricas, a variar do quase-verde-transparente ao quase-laranja-lusco-fusco ou ao azul-terráqueo-roxo-branco-lilás de um campo de hortênsias. Pairou sobre as encostas das serras. Pousou sobre uma pedra imensa. Sentiu-se imenso também, dos pés à cabeça. Sentou-se sobre a pedra. Uns atrás dos outros, homens, mulheres, crianças, às encostas da serra achegou-se toda a população de Cabânia. Alinharam-se, como em ordem unida no exército militar. "Direita, volver!". Ergueram as vistas para o Conselheiro. Jesuíno, o enforcado, deu cinco passos em frente. O Conselheiro percebeu-lhe a alma arrependida do crime; percebeu-lhe a consciência de que a vida de um homem vale mais do que as nádegas de uma mulher; de que um beliscão nas partes pudendas da companheira não se pune com a morte; de que haveria de purgar o descontrole do macho ferido em sua tola dignidade. Em cada um dos que deviam julgar o criminoso percebeu todas as sensações. Sem palavras e sem comando exterior, mandou que se formasse semicírculo atrás do réu. Separou para mais atrás em outro maior semicírculo, os que estavam impregnados de ódio e os que estavam tomados de dó. Em semicírculo menor, imediatamente atrás de Jesuíno, juntaram-se aqueles cujas emoções se mantinham em equilíbrio. A estes o Conselheiro transmitiu a lei da nova terra: "Art. 1°. Amar a Deus sobre todas as coisas; art. 2°. Amar ao próximo como a si mesmo". E que julgassem o réu. Após lhe perceberem a alma. Como se fora um rio etéreo que defluísse em ondas quase imperceptíveis, os sentimentos do réu se projetavam ao conhecimento integral dos jurados. A decisão foi tomada e transmitida em sensações ao Conselheiro:

"Jesuíno é culpado. Seja segregado da comunidade. Seja conduzido ao Vale das Purgações, até que em outra assembléia se possa perceber que aprendeu a dominar seus impulsos."

A assembléia se desfez em esmaecimento de luzes. Ficaram o Conselheiro, pousado sobre a mesma pedra, e o réu no sopé da montanha. O Conselheiro elasteceu o braço até Jesuíno, tomou-lhe a mão, trouxe-o para a altura em que se encontrava, apontou o cume da serra e começaram penosa escalada. O Conselheiro já era um homem velho. À certa altura da caminhada, o sol inclemente, o vento forte lhe enrugando as peles da face, as pernas trêmulas, o cume da serra ainda azul na distância, três noites e três dias depois, não agüentou, precisou parar. Sem ainda dar qualquer sinal exterior de estafa, o jovem Jesuíno disse ao Conselheiro:

— Mestre, não acho justo que me acompanhe. O crime foi eu que pratiquei. Eu é que tenho de cumprir a pena.

— O crime é teu. A pena, porém, é de todos nós, que somos responsáveis pelas circunstâncias de toda delinqüência. Se, porém, tens consciência de que envolveste a comunidade no ônus de teu ato, então já estás na trilha da verdadeira regeneração.

Veio a noite escura e fria. O Conselheiro dormiu sono tão pesado que Jesuíno, em vigília, chegou a julgá-lo morto. Aos primeiros clarões do sol, porém, ele despertou e, de um salto, pôs-se de pé. Prosseguiram na escalada, vencendo a etapa mais difícil. Ao fim do dia, atingiram o pico da montanha. Ali postados, o Conselheiro e Jesuíno não eram dois corpos, mas dois pontos de luz a confundirem-se com os últimos reflexos do sol já posto. Quase ao mesmo nível, alinhavam-se os picos das montanhas gêmeas. Comum a todas, pelas encostas interiores, imperscrutável na escuridão da distância, embaixo, muito embaixo, o Vale das Purgações. Quando a noite se fez bem noite, os pontos de luz Conselheiro-Jesuíno, numa só tocha acesa, como estrela cadente, desceram ao fundo do vale. O condenado acordou primeiro. Extasiou-se com a visão apoteótica dos cumes das montanhas prateadas de aurora. E a cada réstia de luz, se lhe desnudava, em emoções de estética, um pedacinho do vale como se fosse uma mulher bonita a excitar o amante. Dentro em pouco, quando o Conselheiro despertou, o vale todo se encontrava femininamente nu ante os olhos estupefatos de Jesuíno. Há lugares neste mundo que concorrem em equilíbrio estético com a obra-prima da criação, que é um corpo de mulher bonita. Assim era o vale. Indagou Jesuíno:

— Mestre, é aqui o lugar?

— É. É aqui mesmo. Estamos no Vale das Purgações.

O Conselheiro percebeu um riso cético na alma do condenado. Só teve tempo, porém, de dizer-lhe:

— A pena, Jesuíno, é a solidão de teu semelhante.

Não houve tempo para mais nada. Sol a pino, causticante, a poucos passos da saída da Via da Meditação, o Conselheiro Trovão despertou à dura realidade com um tapa seco e firme no semblante sereno de profeta.

— Está vivo. Vamos levá-lo.

XXII

Na ronda habitual de antes de dormir, Pilin conferiu: Mulato no leme, Raiol no observatório do mastro, Gito na proa, Migo no controle das velas. Tudo em ordem. O Palhaço amanheceria na vila dos Tapajós. Como fizesse dias que não visse os doentes, desceu à enfermaria improvisada do Velho Aníbal. Passou com muito cuidado por entre a selva de plantas que ocupava quase todos os espaços abertos da embarcação. Antes que entrasse no compartimento dos doentes, parou, tentando identificar os sons que lhe chegavam. Aquilo era novidade. Não vira nenhum instrumento musical em mãos dos retirantes. Não dava pra saber se era som de bandolim ou cavaquinho. A melodia, porém, sem dúvida que não era de inspiração autóctone. Nem carimbó. Nem siriá. Nem lundu. Nem lambada. Simplesmente o solo afinadíssimo da Serenata de Franz Schubert. Muito estranho. Pilin entrou de mansinho. Queria flagrar o instrumentista, de gosto musical tão sofisticado para o meio. Passou como visagem por entre as redes dos doentes, fazendo sinal de silêncio com o indicador direito nos lábios, em cautela dispensável, que todos pareciam enlevados com o acalanto da música. A pouca luz, quase escuro, no quase-porão, Pilin pôde achegar-se e postar-se bem perto do instrumentista, sem que fosse por ele percebido. O instrumento nem era bandolim nem cavaquinho. Pilin veio a saber depois que era chamado de bandorra: braço e cravelhas de cavaquinho, corpo de bandolim, quatro cordas simples, afinadas em mi, lá, ré, sol, tocado em trinados, como bandolim. Ao acorde final da serenata em lá maior, Pilin se fez notar, empolgado:

— Toque um Noturno de Chopin.

O Velho Aníbal tomou um susto, levantou-se, largou a bandorra sobre o banquinho ao lado, pediu desculpa.

— Desculpa? — Espantou-se Pilin.

O Velho Aníbal ficou embaraçado, sem saber o que fazer. Para disfarçar e desinibi-lo, Pilin perguntou pelos doentes. Voltando-se para trás, deu-se conta de que aqueles que julgava antes dormindo ao acalanto da música agora estavam sentados em sinal de respeito ao comandante. Aproximou-se do primeiro. Perguntou-lhe como se sentia. Estava bem e chegaria bom à nova terra. Foi repetindo a pergunta um a um. Impressionava-lhe o moral dos doentes e a confiança no Velho Aníbal, só colocado abaixo de Deus. Perguntavam-lhe pelos parentes. Será que já teriam chegado a Cabânia? Quanto tempo ainda teriam de viagem? Como seria na nova terra? Era verdade que lá não chovia, mas a terra era tão fértil? Que o sol era inclemente, mas chegava a fazer frio? Que as capivaras, as pacas, as cutias vinham comer nas portas das casas? Que não havia mosquitos? Que os rios não tinham piranhas? Perguntaram-lhe até se lá ninguém morria. Sem querer desfazer o misticismo, Pilin apenas sorria ou se limitava a responder: "Espere para ver". Quando saiu do ambiente, passando por entre as plantas medicinais, notou que estavam identificadas com nomes grafados em tintas de urucu sobre paletas enfiadas ao pé de cada uma. Percebendo o vexame do Velho Aníbal ante seu espanto, mais uma vez disfarçou, mas não deixou de comentar: "Estas plantas me fazem lembrar a barca de Noé". Disse "boa-noite", subiu ao tombadilho, seguiu até a popa, falou com Mulato sobre a noite clara, dirigiu-se à popa e foi por fim acomodar-se, sentando em frente à cabina de comando, onde Suzel certamente já dormia. Sentado, a mente em ebulição total, deteve-se no Velho Aníbal. "Então, não sou eu apenas que estou perdido por aqui, fugindo de mim mesmo, sem conseguir. Parece que ninguém consegue apagar a marca do que foi na vida. O Velho Aníbal, como eu, feito caboclo nascido e criado nestas paragens, no mínimo é médico, naturalista ou pesquisador no anonimato, vindo não sei quando, não sei de onde, certo, porém, que agora integrado e indispensável à vida desta gente. Pelo menos, também como eu, deve sentir-se mais útil à comunidade e ao seu semelhante. O que é que justifica a razão de viver senão a consciência da própria importância nem que seja para uma outra única pessoa? Que sentido teria a existência, se vivêssemos apenas para nós mesmos? Deve ser também o caso de Suzel, moça culta, bonita, provavelmente de família abastada, perdida por estas bandas, integrada no incerto destino deste barco, em busca de uma nova e ignorada terra, onde mora a perene felicidade. Ora felicidade... Por que sempre buscá-la tão longe? Se ela mora é dentro de nós mesmos?". Pilin se mantinha imóvel, tão absorto, que Gito, ao recolher-se vindo da proa, parou junto e não teve coragem de dar-lhe boa-noite, por julgá-lo em sono profundo. E assim permaneceu por tanto tempo, até que a cabeça lhe tombou no peito e dormiu. Enquanto o sol não desse nenhum sinal de retorno, Suzel saiu da cabina, ainda escuro, passou junto do comandante sem percebê-lo, foi até a proa, abriu os braços se espreguiçando, depois achegou-se até o tonel de banho de cheiro preparado pelo Velho Aníbal, remexeu com as mãos plantas e ervas há vários dias de molho, aspirou o forte odor que exalavam, apanhou a cuia pitinga posta junto, para melhor revolver e amornar o líquido. Experimentou o banho com a mão. Estava no ponto. Desfez-se das roupas. Completamente despida, saltitou nas pontas dos pés, abriu e fechou os braços várias vezes, curvou-se levando os dedos ao chão, ergueu-se, mãos na cintura, torsão à direita, torsão à esquerda, aspirou, expirou, soltou os cabelos pretos e lisos que escorreram até sobre os quadris. Pronta para enfrentar o banho, apanhou a cuia, introduziu-a no tonel e jogou-se no peito o caldo cheiroso. O impacto do frio foi tamanho que o corpo todo estremeceu e a cuia caiu. No silêncio da hora, o ruído seco repercutiu como estalo de galho caindo na mata. Poucos metros atrás, Pilin despertou espantado. De começo não viu absolutamente nada. Suzel se quedou imóvel a avaliar o efeito. Como tudo se mantivesse quieto, movimentou-se para apanhar a cuia. Pilin, atento, percebeu o vulto, sem conseguir identificar de quem se tratava. Julgou fosse Gito na sua função de homem de proa. Ainda sonolento, manteve-se sentado, disposto a dormir o restinho da madrugada. Suzel jogou sobre o corpo algumas cuias d'água. Concentrando a vista sobre a fonte do ruído, Pilin aos poucos acabou por ver delineado, a cada movimento de Suzel, um pedaço do corpo. Corpo moreno na madrugada morena, não via detalhes. Era como se entre a visão do espectador e o objeto tivesse sido entreposto um véu adelgaçado. Não lhe restava dúvida de que era ela, saindo dos sonhos eróticos à realidade. Das conversas mantidas já se fizera admirador do conteúdo. Via agora, a pouca distância, mas com a incerteza de visão distante, todo o continente, os seus contornos suaves, as empinadas colinas, as abauladas descidas do planalto, sob a mata de longos cabelos. Chegou a pensar que a mãe-d'água houvesse saído dos igarapés ribeirinhos, para vir encantá-lo dentro da embarcação. Acabado o ritual, a moça sacudiu os cabelos, espanou com as mãos a água do corpo, apanhou as roupas e dirigiu-se para a cabina. Pilin fingiu que dormia. Suzel deu com sua presença ali sentado, cabeça pro lado sobre o ombro direito. Instintivamente protegeu os seios e ficou parada, sem saber se ia ou se voltava. Antes que decidisse prosseguir e entrar na cabina, Pilin abriu levemente os olhos e pôde ver, pela primeira vez, toda a triangular beleza do sexo de uma mulher.

XXIII

Estava ainda para amanhecer em Santa Maria de Belém do Grão-Pará. Lavor deixou a casa de Vinagre, desceu em largas passadas a rua da Barroca, andou até o Igarapé das Armas, tomou o escaler e retornou ao Patagônia. A tripulação ainda dormia. Quando a faina começou, distribuiu ordens e recolheu-se, mais para pensar, menos para dormir. Haveria de esperar quinze dias e quinze noites, tempo em que Vinagre estimava o desfecho das negociações com o comandante Pedro da Cunha. Entregaria o governo da província pacificamente, sem qualquer resistência, em troca do bem-estar da população, reabastecimento da cidade, ordem e nenhum revide contra os revolucionários. Pedira tempo a Pedro da Cunha para convencimento de seus pares. Pelo relato de Francisco Vinagre, porém, e pelo que conhecia da índole de Angelim, Lavor ficara em dúvida atroz. A não ser que Vinagre houvesse evoluído em sua capacidade de argumentar, a não ser que os embates houvessem enfraquecido a determinação marcante da personalidade de Angelim, apostaria como o armistício de Vinagre e Pedro da Cunha seria logo quebrado. E então, o que fazer? Levantar âncora e partir ao encontro dos retirantes? Esperar os quinze dias e as quinze noites, correndo o risco de não mais poder partir? E o que seria dos retirantes e dos destinos de Cabânia? Saiu da cabina de comando, misturou-se com a tripulação, ouviu gracejos, contou pilhérias, comeu do peixe assado, comeu da farinha, voltou a recolher-se, não conseguiu pegar no sono, passou a tarde, entrou pela noite. Pensou: "Esta é a sina de quem comanda: não ter com quem conferir; mas a decisão precisa ser tomada. Que é que eu faço? Ponho-me de vela na próxima madrugada? Fico e espero os acontecimentos? Deixa-me repassar a situação. Tenho de um lado o Vinagre, companheiro de luta contra a arbitrariedade, a corrupção, a mordomia, a espoliação e outros bichos mais; como homem inteligente que é, sabe muito bem: primeiro, que os cabanos não teriam, como não têm, condição nenhuma de se manterem no poder, diante da reação da Regência; segundo, que enfrentar as forças da Regência é submeter o povo ao massacre; mas o que insiste em não querer aceitar é que não pode confiar no adversário. Esse Pedro da Cunha é um hipócrita. Como pode o Vinagre admitir que depois de Ângelo Custódio tomar posse no governo da província, sob as bênçãos do tal Pedro da Cunha, vão deixar as lideranças da revolução ficarem por aí tranqüilas e lampeiras? Santa ingenuidade! Maldita cegueira! Pois é, e de outro lado tenho um compromisso inadiável: dentro de vinte dias, no ponto combinado, devo encontrar-me com o Portilho e conduzir os retirantes a Cabânia. Isto é: se a missão dos legionários, sobretudo de Suzel, houver dado certo. Aquele relatório de Suzel ao Vinagre é de deixar preocupação. De qualquer maneira, preciso cumprir a minha parte e não faltar ao lugar de encontro. Com ou sem o Vinagre, esta é a questão. Se eu não comparecer ao local, no dia aprazado, que é que pode acontecer com os retirantes? Bem, o Portilho tem o mapa e pode sem mim chegar a Cabânia. Se eu me fizer de vela e deixar aqui o Vinagre, que é que pode acontecer com ele? Estando enganado quanto a esse tal de Pedro da Cunha, ele entrega a província, corre para cá e vamos embora. Estando eu certo, ele entrega a província e recebe voz de prisão, na hora. Mas vamos supor que o Vinagre não consiga convencer o irmão Antônio, o Angelim e o padre Casimiro a entregar a província. Neste caso, estará mal. O Angelim vira a mesa, põe o Pedro da Cunha pra correr e prende o Vinagre, não resta dúvida. Conclusão: Nesse paiol de pólvora o Vinagre não tem saída 'Se ficar o bicho pega, se correr o bicho come'. Podia muito bem correr pra cá, enquanto é tempo, e ser bem-vindo à nossa Cabânia. Mas, cabeça dura é com ele mesmo. Com o boato de que estaria planejando fugir, não virá, enquanto não definir a situação. Quanta ilusão! Da fama deixada pelo boato, ficando ou partindo, jamais conseguirá livrar-se. O que seria, portanto, mais lógico? Ficar ou ir embora? Pra mim, no lugar dele, seria ir embora. Pra ele, porém, parece que o lógico é o emocional. Vai preferir contemporizar com o seu lado e com o lado do adversário. Queira Deus". Lavor saiu da cabina. Sem tomar qualquer decisão. Sentia-se, no entanto, aliviado só com a arrumação das idéias. Esperaria um evento qualquer para tomar a decisão. Mas não foi preciso esperar nada. Teve a atenção despertada por ruídos característicos de remos batendo em ilharga de canoa. Aguardou mais um pouco e logo distinguiu o vulto da canoa que se aproximava com todas as cautelas de estilo. A noite era clara. Lavor pôde perceber os acenos de braço dos dois tripulantes da pequena embarcação. Correu à cabina, trouxe o candeeiro e correspondeu aos acenos. A canoa atracou. Os tripulantes subiram. Um deles adiantou-se.

— Trago mensagem de Vinagre para Lavor.

— Lavor sou eu.

O mensageiro introduziu a mão por entre as vestes, tirou da altura da cintura um pequeno envelope e o entregou ao destinatário. Lavor se retirou para a cabina e leu: "Lavor. Um fato novo muda os meus planos. Tenho em minhas mãos um ofício do Pedro da Cunha dirigido à Câmara Municipal de Cametá. O ofício foi interceptado pelos nossos. Verifico que o Pedro da Cunha apenas contemporiza, enquanto chega o vice-presidente Ângelo Custódio, para tentar empossá-lo com auxílio da esquadra. Pelo ofício tomo conhecimento das forças que em Cametá se preparam para combater-nos. Não perdôo Pedro da Cunha pela traição. Entregaria a província por bem. Se querem luta, vão tê-la. Aconselho, portanto, ao amigo que se faça de vela, vá ao encontro dos retirantes e sigam para Cabânia. Eu fico. Tenho fé que sobreviverei e um dia me encontrarei por lá. Boa sorte. Vinagre". Lavor saiu da cabina. Disse aos mensageiros.

— Podem voltar. Comuniquem ao presidente que recebi sua mensagem.

Os mensageiros se retiraram. Sozinho, Lavor não se conteve. Esmurrou o ar. Vociferou palavras ininteligíveis. Por fim, berrou a todo pulmão: "Louco, maluco, bastardo, filho de uma grandessíssima puta!". Alguns tripulantes acorreram espantados. E Lavor:

— Não foi nada. Não foi nada.

Sozinho mais uma vez, andou até a amurada do Patagônia, contemplou a noite, fixou-se nas luzes da cidade lá em frente. Repassou as idéias que arrumara na mente, pesou as alternativas. E tomou, enfim, sua decisão.

XXIV

Lavor encontrou Vinagre a uma hora da madrugada encostado a um dos canhões do Forte do Castelo. Dava impressão de quem, temeroso do ataque inopinado, não conseguia desgrudar o olho do inimigo. Algumas braças à frente estava fundeada a fragata Imperatriz e, a essa mesma hora, Pedro da Cunha certamente também devia estar de olho no Forte do Castelo, com os mesmos receios. Lavor aproximou-se discretamente, sem querer assustar. Percebendo a aproximação, Vinagre voltou-se bruscamente pronto para defender-se. Lavor ergueu as mãos, em gesto de paz:

— Sou eu, amigo.

Vinagre deu-lhe as costas, em desagrado. Retomou a posição em que antes se encontrava. Subitamente, pôs-se em agitação, chamou Lavor, correu até as amuradas do Forte:

— Olha lá, Lavor, olha lá. Estás vendo o que estou vendo?

Contaram dez canoas abordando a fragata Imperatriz. Disse Vinagre:

— É o comboio de Cametá.

— Que comboio é esse?

— O Ângelo Custódio não acreditou mesmo nas minhas intenções. Ao invés de vir com a patrulha que mandei para recebê-lo na Ponta de Bujaruba, foi direto ao Pedro da Cunha.

— O que significa isso?

— Significa que pretende assumir a Presidência não em paz, mas com a força.

Novamente agitado, Vinagre se movimentava inquieto de um lado para outro. Quando ficou mais sossegado, Lavor insinuou:

— Ainda é tempo, Vinagre. O Patagônia se fará de vela ao amanhecer. Vamos embora.

Vinagre olhou fixo no rosto de Lavor, demoradamente. Lavor esperava resposta, pensando que a demora era apenas o tempo necessário a que Vinagre repensasse os fatos e chegasse à melhor conclusão. Vinagre, porém, respirava fundo para não explodir grosseiramente ante a insistência do amigo. Ao sentir-se no domínio da sua irritação, respondeu com a voz mais mansa de que se fez capaz para o momento:

— Meu caro Lavor. Já tomei minha decisão. Quero ir. Mas não posso. Não vou carregar, pelo resto da vida, a pecha de covarde.

— Isso não é covardia. É bom senso.

— Definitivamente, Lavor, eu vou ficar. Seja o que

Deus quiser. Vai embora.

— Não. Eu também fico. Quando amanhecer, o Patagônia seguirá o seu destino. Se sairmos vivos disto aqui, iremos juntos depois.

— Não concordo. Não aceito. Vai embora. Te esqueces que nunca pegaste em arma nenhuma? Tua arma sempre foi a palavra. Aqui só há lugar agora pra guerrilheiro.

— Definitivamente, Vinagre, eu vou ficar.

Como se fosse a explosão da aurora, naquele momento tudo ficou claro, sob o estampido de tiros. Instintivamente, Vinagre e Lavor se lançaram ao solo. Fez-se silêncio. Os dois se levantaram cautelosos. Vinagre berrou:

— Filhos da puta!

Acorreram, pressurosos, comandantes, oficiais e praças da guarnição do Forte.

Esclareceu Vinagre:

— Por enquanto não foi nada. Apenas uma salva de vinte e um tiros da fragata Imperatriz em saudação à chegada de Ângelo Custódio.

Pelas ruas ribeirinhas a agitação se fez incontrolável. Espavoridas, as pessoas saíam de casa sem orientação de rumo. Em poucos minutos, a ladeira de acesso ao Forte do Castelo estava apinhada de gente em busca de proteção. Vinagre deu instruções. Vários destacamentos de oficiais e praças foram às ruas recomendar calma ao povo. Que todos retornassem às suas casas. Nada de grave acontecera. Os tiros que se ouviram eram de salva ao vice-presidente Ângelo Custódio. Que fossem conferir o comboio de embarcações atracadas à fragata Imperatriz. Que observassem a bandeira branca de paz no mastro.

Como formigas, as pessoas passavam a notícia de umas para as outras. A praia, em frente ao Forte do Castelo, logo não coube quase ninguém mais para satisfação de suas dúvidas. Os ânimos se amainaram. Às seis da manhã, a cidade estava calma. Alguns poucos apenas se mantinham a postos, observando a movimentação da fragata e do forte. Vinagre reuniu-se com Angelim, Antônio Vinagre e o padre Casimiro. A muito custo logrou convencê-los do que entendia melhor para todos:

— Compreendam. Entregamos a província ao governo de um homem da terra, o eleito mais votado para a assembléia provincial. Faremos a vontade do povo.

Por volta das sete horas da manhã, Vinagre mandou até a fragata Imperatriz uma comissão de dois juízes de paz e alguns cidadãos com a finalidade de cumprimentar o vice-presidente Ângelo Custódio e convidá-lo a desembarcar e tomar posse. Que viesse, porém, sem a força que guarnecia os navios de guerra. A missão durou duas longas horas de espera. Ângelo Custódio não veio. Só desembarcaria quando tivesse certeza de que em terra a gente de Vinagre houvesse deposto as armas e abandonado os pontos fortificados do litoral, particularmente o Forte do Castelo. Angelim reagiu com irritação incontrolável:

— Vês agora, Vinagre, que eu tenho razão? O Ângelo Custódio não pensa como gente da terra. É produto europeu. Nasceu em Cametá, mas foi criado na França.

Mais uma vez, porém, Vinagre conseguiu contornar

os ânimos exacerbados dos companheiros. E no dia seguinte mandou que a comissão voltasse à fragata Imperatriz. Ângelo Custódio podia desembarcar com tranqüilidade e assumir a província, sob a palavra de honra de Vinagre. Ângelo Custódio mandou dizer que não podia acreditar na sinceridade de Vinagre, posto que fora agredido na Ponta de Bujaruba não fazia mais do que três dias. O recado de Ângelo Custódio consternou Vinagre. Fez um sinal discreto a Lavor, que se mantinha próximo, e se afastou do grupo. Os dois a sós, disse Lavor:

— Contrariando minhas ordens, o Patagônia ainda está lá, como vês. Vamos embora. Ainda é tempo.

— Lavor, o Patagônia ainda está lá. Mas aposto que lá dentro dele já está assentada uma guarnição de praças do Pedro da Cunha e por isso não partiu.

À noite, furtivamente, um tripulante do Patagônia bateu à janela da casa de Vinagre. Identificado por Lavor, deu a notícia: "Tomaram conta do barco". Vinagre olhou significativamente para Lavor. E sentenciou:

— Estamos bloqueados. O jeito, amigo, é enfrentar a luta.

XXV

A população de Santa Maria de Belém do Grão-Pará fazia muito tempo que não sabia o que era sossego. Os empórios e os armazéns de estiva andavam quase vazios. Os poucos artigos disponíveis custavam o olho da cara. A Ponta de Pedras já não propiciava a repousante paisagem de mastros e velas das embarcações miúdas, que, antes todos os dias, ali aportavam e abasteciam a cidade. Nem pixé de pirarucu, curimatã, tucunaré, jaraqui, pratiqueira, camarão fresco, camarão frescal, aviú, caranguejo, acari, matupiri, aracupari, jandiá, piramutaba, filhote, tamuatá, jeju, traíra, acarapriprioca, pacu, mapará. A carne de gado, a esse tempo, seria comida real. Sem as canoas vindas do interior também não havia carne de animais silvestres. Não tinha paca, nem cutia, nem veado, tatu, cuandu, caititu, anta, capivara. Nem mutum, tucano, nambu. Nem farinha- d'água, nem farinha de tapioca. Nem jambu, nem tucupi, nem jerimum. Nem banana-pacovi, chorona, são-tomé, prata, inajá. Nem açaí, bacaba, pupunha, cupuaçu, biribá, uxi, mari, castanha, bacuri, cará, batata-doce, cajá. As praias em frente à Ponta de Pedras e ao Forte do Castelo ficavam apinhadas de gente, disputando espaço na pesca do candiru, mandi, rebeca, cachorro-de-padre e bacu, peixinhos nauseabundos, que se alimentavam das sujeiras despejadas às margens da baía. O semblante do povo era a cara da fome e da miséria. Sem arredar pé do Forte do Castelo, Lavor se transformara em homem de confiança absoluta de Vinagre, depois que o presidente entendera não poder mais contar com o padre Casimiro, com Angelim e com o próprio irmão, Antônio. Na realidade, Lavor tão-somente queria tirar Vinagre daquele inferno e ultimar o plano que juntos haviam traçado. Esperava o momento do desencanto fatal, em que Vinagre se decidisse a largar tudo ao seu próprio destino e lhe dissesse: "Vamos embora". De certo modo, Lavor, como Vinagre, estava preso dentro das muralhas do Forte, lá embaixo, em frente à praia, à baía e a algumas braças de água, os navios de guerra prontos para o bote final, como surucucus enroscadas. Mesmo detendo o poder, também os que se encontravam no Forte sentiam os efeitos do bloqueio e estavam famintos, passando a candiru, mandií, rebeca, cachorro-de-padre e bacu. Ao despontar daquele dia, Lavor notou que a praia se fazia repleta mais de curiosos do que de pescadores de almoço. Chamou Vinagre:

— Veja, Vinagre. Se os navios do Pedro da Cunha resolverem atacar agora, vai morrer muita gente. Não acha melhor mandar evacuar a praia?

Vinagre não respondeu. Minutos depois chamou o

oficial mais próximo e instruiu:

— Evacue a Ponte da Alfândega. Espalhe entre o povo que não aceito mais este estado de coisas. Vou responder ao bloqueio. Só assim teremos o que comer. Quero o apoio de toda a população.

Duas horas depois, não apenas a Ponte da Alfândega estava evacuada, mas toda a orla fluvial. A notícia de que Vinagre iria tomar a iniciativa do ataque se propalou por todos os cantos da cidade. A população se armou como pôde. Mesmo aquelas famílias que, embora caladas, desaprovavam os excessos da gente de Vinagre, tomaram a decisão de ajudar a repelir o inimigo comum, na solidariedade da fome. Veio Angelim até Vinagre. Os dois, a sós, conversaram, discutiram, se entenderam. Angelim se retirou. Vinagre reaproximou-se de Lavor:

— Se quiseres, vai embora enquanto é tempo.

Lavor respondeu:

— Iremos juntos. Por enquanto eu fico. Seja o que Deus quiser. Valei-nos a Virgem de Nazaré.

Vinagre dirigiu-se ao oficial encarregado da mosquetaria. Instruiu. O silêncio que, apesar da hora, reinava sobre a cidade, foi subitamente quebrado pelo estampido de tiros sucessivos sobre a fragata Imperatriz. Após os primeiros tiros, Vinagre mandou içar no Forte uma imensa bandeira vermelha e passou o comando da artilharia ao irmão, Antônio Vinagre, que acorrera das proximidades, ao ouvir os primeiros estampidos. Vinagre veio até Lavor.

— Estamos unidos novamente.

Mal acabava de falar, teve de lançar-se ao solo. A fragata Imperatriz reagia em grande estilo ao ataque do Forte, retribuindo-lhe com balas de canhão sobre as muralhas. A fragata emitiu sinais de fogo aos outros navios de guerra. Dentro em pouco, uma cortina de fumaça pairava sobre a orla, entre o ruído ensurdecedor dos canhões. Navios afundando, prédios caindo. A população correndo em desesperado alarido pelas ruas, travessas e vielas. Por volta das duas horas da tarde, como em respeito à sesta tropical, a mosquetaria e os canhões do Forte emudeceram. Emudeceram também os canhões dos navios. Esvaiu-se a cortina de fumaça. Pareceu que os contendores, cansados, haviam feito trégua enquanto iam descansar um pouco na canícula daquela hora. Pedro da Cunha, no entanto, entendera que os cabanos estavam derrotados. Deixou-se tomar de entusiasmo. Ordenou o desembarque das tropas, ao comando do major João Roberto Aires Carneiro. Dezenas de escaleres desceram dos vasos de guerra. Deram de remar açodadamente para terra. À medida em que se aproximavam, o ânimo se lhes acendia, chegando às raias da empolgação. É que, mais de perto, oficiais e praças de Pedro da Cunha constatavam os estragos que a sua artilharia fizera. O Fortim de São Pedro Nolasco estava arrasado. Os canhões, postados na desembocadura de cada rua, estavam aparentemente abandonados. A bateria assestada em frente ao Convento de Santo Antônio, que mais descargas fizera contra os navios, não mais dava nenhum sinal de ação. Muitos dos que integravam as tropas em desembarque não se faziam partícipes da empolgação dominante. Mantinham-se calados, consternados com o desmoronamento das casas ribeirinhas e o amontoado de cadáveres que agora distinguiam, próximos já da Ponte da Alfândega, escolhida para o desembarque. Estavam determinados a debandar das tropas assim que botassem os pés em terra. Não se sentiam compromissados com a força armada de Pedro da Cunha. Estavam embarcados por obra de recrutamento forçado e não se dispunham a usar das armas contra sua própria gente. Escaleres e canoas aportaram, sem oposição, à Ponte da Alfândega. O major Carneiro não pôde conter o açodamento da tropa. O desembarque se deu desordenadamente, sem que se desse ouvido à voz melíflua e aos gritinhos histéricos do comandante. Os tenentes Eliziário dos Santos e Fernando Veiga, sabendo da fragilidade do major Carneiro, cuidaram de ordenar a tropa em divisões. Deixaram o grosso na praia sob as ordens do major, incumbido de dar-lhes apoio. E avançaram com duas divisões em direção da Praça das Mercês. Mal despontaram na praça, receberam cerrada descarga de uma peça de artilharia. Mais de uma dezena de praças tombou sem vida. Mas não deram tempo para nova descarga. Investiram com fúria. Os cabanos se evadiram, protegidos por descargas de mosquetaria despachadas do Templo das Mercês e das janelas dos sobrados. Buscavam as travessas estreitas, atraindo os contendores. Entrincheirados à entrada da travessa das Mercês, prontos para reagir, se surpreenderam com o súbito aumento de seu pequeno contingente. Considerável quantidade de praças da tropa inimiga erguendo os braços, tirando as túnicas, trocava de lado. A esse tempo, Angelim, com outra coluna de cabanos, surgindo na rua da Praia, cortou a retirada do inimigo. Na praia, o grosso da tropa esperava ordens do major Carneiro, incitando-o a tomar iniciativa de apoio aos companheiros. O major, porém, mandou tocar em retirada. Semidizimadas, as divisões que se haviam aventurado por travessas e vielas, ouvindo o toque de retirada, dispersaram-se sem orientação de rumo. Oficiais e praças tentavam salvar-se correndo ou tentando esconder-se em becos ou arrombando portas trancadas. Indiferente à facção de cada um, a população reagia a seu modo, usando porretes, terçados, bordunas, panelas, água fervendo. Se uma porta era arrombada, podia contar os segundos entre o relâmpago e o trovão para ver o revide. Quem entrava em qualquer casa saía imediatamente, vivo ou morto, tratado a pau, água quente, tiro, faca ou até tapa sob imprecações malditas. Na esteira de perseguição aos inimigos em debandada, os cabanos de Angelim iam buscá-los no interior de qualquer prédio em que tentassem homiziar-se. Houve lance em que perseguidores e perseguidos foram repelidos a um só tempo, porta afora, tocados com urinóis na cabeça e espetos de churrasco nos traseiros. Na praia, o dúbio major Carneiro, ante a estabanada volta de seus praças e oficiais, já agora queria reagir. Mas era tarde. Ninguém lhe dava ouvidos. Não teve outra alternativa e gritou ordem desnecessária:

— Para os barcos!

Logo os escaleres e canoas que haviam trazido a tropa ameaçavam uns soçobrar, enquanto outros ainda se mantinham vazios. Os que tinham conseguido embarcar, com pressa de afastar-se da praia, não hesitavam em usar remos e varejões para impedir o embarque de mais um ou lançar alguns dentro d'água. Quando os últimos afloraram à praia, não mais encontraram embarcação que os socorresse. Os mais intrépidos se puseram a nado, pegaram a correnteza e foram salvos rio abaixo por escaleres de dois navios da Marinha inglesa e francesa fundeados no ancoradouro. A esses navios é que também foram atracar os botes apinhados de fugitivos, ali se abrigando enquanto perdurou a maré e até que Pedro da Cunha mandasse resgatá-los.

Do alto do Forte do Castelo, Vinagre e Lavor assistiram ao massacre de oficiais e praças tardiamente chegados à praia acossados pela turba, ao comando de Angelim. Mortos a pauladas, chutes e pontapés, os desgraçados mais pareciam amontoados de traíras e acaris apanhados no vau. Vinagre ordenou que se ativassem os obuses assestados no Forte. Os navios de guerra de Pedro da Cunha mal puderam reagir ao novo ataque. Granadas, bombas e metralhadoras lhes varreram o convés, lhes secionaram vergas, cordames e mastros. A Marinha Imperial Brasileira teve o seu dia de cão pirento. Atendendo às ponderações de Ângelo Custódio, Pedro da Cunha mandou içar a bandeira parlamentária na fragata Imperatriz. Lavor chamou a atenção de Vinagre para a bandeira da paz. Vinagre mandou cessar fogo. Uma hora depois, convencido de que o inimigo se conformara, retirou-se para o Palácio do Governo, acompanhado de Lavor. Redigiu:

"Sr. Pedro da Cunha.

O sossego público urge que V. Sa. se faça de vela com a vazante deste dia e que vá deplorando os estragos que causou nesta infeliz província fazendo que todos esses iludidos que se achavam a seu bordo, se não querem acompanhá-lo, se transportem para bordo do navio de guerra francês, e mercantes da mesma nação, até que acalmando o fogo de paixões eu lhes possa mostrar até onde chega a filantropia de que sou animado.

Conto com a execução desta minha ordem e que Deus o leve para parte por onde não deixe a destruição e o susto. Deus guarde V. Sa."

A redação da mensagem durara hora e meia, depois de inutilizadas dez laudas de papel. Nada menos do que o panfletário nato Lavor é que discordava das redações agressivas vazadas por Vinagre. Lavor argumentava: "Governo tem que ter equilíbrio. Governo não tem direito de exprimir emoções. Seja mensagem, seja ordem, seja bilhete, documento de autoridade há de ser frio e impessoal". Finalmente em consenso é que a redação fora liberada. Veio o encarregado da guarda palaciana. Vinagre deu instruções. A mensagem seguiu para as mãos do inimigo.

— E agora, Vinagre? — Interpelou Lavor.

— Agora o quê?

— Agora chega, já lavou o peito, vamos embora, ainda é tempo.

— Não. Ainda não está na hora. Vamos sair.

Saíram. Como dois cidadãos quaisquer. Sem aparato e sem segurança. A pretexto de se recolherem à casa de

Vinagre, na rua da Barroca. Ainda próximos do Palácio do Governo, tiveram que fugir em desabalada carreira. Dez homens irromperam de um dos empórios, em estado deplorável de embriaguez ou loucura, garrafas nas mãos, abateram um casal de velhos que atravessava a praça, enxergaram Vinagre e Lavor, apontaram os braços na sua direção e em gritos desconexos, ininteligíveis, tentaram apanhá-los. Conhecedores de travessas e vielas circunvizinhas, safaram-se os dois amigos.

— Compreendes então que ainda não terminou minha faina? — Comentou Vinagre.

Passado o perigo, dirigiram-se ao Forte do Castelo. Foram informados de tudo quanto se passava na cidade. Empolgados com a derrota do inimigo, os cabanos praticavam desatinos. O alvo preferido eram os portugueses. Literalmente, todos os armazéns e empórios estavam saqueados. Moças violentadas. Patroas estupradas. O portuga Joaquim Manoel fora posto de quatro, nu, na praia em frente à Ponte de Pedras, em presença da mulher, dona Isabel, e da filha Cacilda, penetrado sucessivamente por oito negros semi-embriagados, que ainda o deixaram salgado de areia. O solar dos Oliveira virara senzala, morto o chefe da clã sem dó nem piedade, as filhas e a mãe, obrigadas a dançar em volta do cadáver, antes de se subjugarem a todos os caprichos e exercícios sexuais, em plena sala de visita ao som vocal do lundu, cadenciado com palmas. A noite entrante se prenunciava de terror. Enquanto ouvia os relatos, Vinagre se movimentava inquieto. À certa altura interrompeu:

— Basta. Basta.

Reuniu oficiais. Instruiu.

— Quero a cidade desarmada e todos os bêbados recolhidos. Agora.

Por volta das cinco horas da manhã, chamou Lavor, saíram os dois, tomaram o rumo da casa do presidente. Andaram antes por ruas, travessas e vielas. A cidade não dormia. Mas estava em paz. Caminharam para a rua da Barroca. Enquanto abria a porta da casa, disse Vinagre:

— Armaremos outro barco e iremos embora.

— E o governo? — Espantou-se Lavor.

— Passo o comando pro Angelim. Sei que é o que mais deseja.

XXVI

A situação do comandante Castelo fazia-se insustentável perante os retirantes. Setenta e sete dias eram decorridos após a data combinada com Lavor para, do porto de Ecuipiranga, um pouco abaixo da vila dos Tapajós, partirem todos em comboio, em busca de Cabânia. A data fora marcada com muita folga, previstos até os imprevistos. Mas, setenta e sete dias depois, era de se convir que ainda está por nascer quem consiga administrar homens insatisfeitos. Nem vinha Lavor de Belém, nem aparecia o comandante Portilho no barco capitânia Palhaço. Os mais exaltados eram os retirantes embarcados em Itaituba nos gaiolas Cacique e Mundurucus. Indagavam, a toda hora de cada dia pelos parentes que diz-que viriam no Palhaço. O comandante Castelo dava desculpas: "Calma, eles vão chegar"; "O comandante Portilho tem que tomar algumas providências e logo estará chegando"; "Não se preocupem com os parentes doentes, tem médico no Palhaço". Desculpas inconvictas, pois, no fundo, o comandante estava certo de que algo de muito grave havia acontecido. Sabedor das intenções de Portilho em abandonar os doentes irrecuperáveis, receava houvesse o comandante sido acometido de nova crise de loucura incendiária. Passaram-lhe pela lembrança aquelas densas colunas de fumaça por sobre as copas das árvores quando deixara Itaituba há cerca de cem dias. Recordou-se de que Portilho, depois de dar-lhes ordem de partida, chamara Roque e Bonifácio, comentando:

— Aquele magrelo ali, que atende por Pilin, vai estragar o plano.

Depois, os três se retiraram pra terra, confabulando. E se o feitiço houvesse virado contra, o que teria acontecido? O comandante Castelo sabia que não podia mais adiar a decisão. Mais uma noite passou em claro. Dia seguinte, manhã cedo, deu a ordem: "Os gaiolas Cacique e Mundurucus, com os retirantes neles lotados, subirão o rio até encontrar-se com o Palhaço. Os retirantes embarcados na vila dos Tapajós permanecerão no porto de Ecuipiranga à espera de Lavor e Vinagre". A notícia da decisão do comandante se propalou de popa a proa. Os gaiolas zarpariam na próxima madrugada. Enquanto isso, todos teriam que colaborar no apronto da viagem. Pairava no ar um clima de festa, como se o dia seguinte fosse o dia da padroeira. Não mais se ouviam queixumes. Abrandaram-se as feições. Até sorrindo alguns se pegaram. Sem o que fazer, os tapajônicos vieram colaborar no abastecimento das embarcações. Por volta de meio-dia já se dispunha de meia tonelada de peixe e carne de anta, queixada e capivara.

Às três horas da tarde, era dada como suficiente a quantidade de lenha amontoada à margem do rio, pronta para embarcar. Os mestres deram as embarcações como prontas. As velas foram erguidas e baixadas várias vezes até que oferecessem fácil manejo. Testaram-se os lemes. O comandante Castelo, empertigado como um juiz trabalhista, estava presente em todos os cantos e atento a todos os detalhes, tentando prevenir qualquer incidente. À hora do ângelus, o comandante se deu por satisfeito. Logo veio a noite, muito densa. Os retirantes se recolheram contritos para a longa espera da madrugada e da partida da volta. Os tapajônicos que ficariam à espera de Lavor e Vinagre fizeram fogueira em terra, contaram histórias, batucaram, dançaram e recolheram-se às suas embarcações por volta das dez horas da noite. No Mundurucus, porém, como no Cacique, nem todos dormiam. Raimundo Ferreira e Zé Cuia, por exemplo, tidos como "amigos de cagar de porta aberta", traçavam planos, depois de maldizerem o dia em que se haviam deixado levar pela empolgação dos outros. Diz o Raimundo:

— Onde estava com a cabeça, patrão?

— E eu também, patrão, onde estava com a cabeça? — Repetia Zé Cuia.

Falaram da garimpagem, das roças abandonadas, da época do bacuri e do cupuaçu que estava chegando. Os marfinzeiros estariam agora florindo e numa só noite matariam tanto veado e paca na comedoria dos brotos que não precisaria caçar por uns três meses. Mas a primeira providência, quando chegassem, seria transformar seus tapiris em casas de verdade. E tinha que ser logo mesmo, que estava justo na melhor época de cortar palha de buçu pra cobertura. Depois que esgotaram recordações e aspirações, os amigos admitiram o silêncio.

— Patrão. — Disse Zé Cuia, de repente, interrompendo o silêncio.

— Estou ouvindo, patrão. — Respondeu Raimundo.

— Está ouvindo o quê?

— O apito da velha Dodó.

— É, patrão, daqui a pouco ela avoa.

— Toda vez que fica alegre, ela vira matinta.

Os dois grudaram a atenção na velha Dodó. Ela desceu da rede, olhou em volta. Todos pareciam pregados no sono. Tirou os trapos. Arfava sem parar. Saía-lhe do ânus um apito intermitente, forte e fino, que lembrava o canto incômodo e irritante da cigarra. Sacudia os braços simulando preparação de vôo. Os peitos escorridos ao longo do ventre, movidos por estranha força, começaram a bater como asas de jacina gigante. Uma espécie de escrotos caídos de sob a abertura vaginal também vibraram como asas. O apito anal tornou-se contínuo. E a velha Dodó flutuou. Ficou pairando alguns instantes sobre as redes. Depois saiu voando pra fora da embarcação.

— E agora, patrão? — Preocupou-se Zé Cuia.

— Agora é que foi. Se passar o encantamento, a velha vai cair no rio.

Mas, não demorou muito, ouviram o apito. A matintaperera chegou de volta, pairou sobre as redes, pousou junto à sua e virou de novo a velha Dodó.

— Vôte. Te desconjuro. — Sussurrou Zé Cuia, persignando-se.

— Só falta agora as filhas virarem também matinta e aparecer a cobra.

Como Raimundo não entendesse, Zé Cuia contou a história. A Dodó tinha 15 anos quando ficou prenha de um balateiro que varara a mata quase morto de impaludismo e fora acolhido pelo pai da Dodó. Dia seguinte ninguém mais viu o balateiro. Sabia o que tinha feito durante a noite e desapareceu antes que alguém soubesse. Quando chegou a hora, veio a parteira, mandou a Dodó fazer força, até que pariu uma menina. Mandou fazer mais força, saiu uma cobra, que tomou o rumo do piri. Mandou fazer mais força e pariu outra menina. Às meninas deram o nome de Zira e Diva. Contam que a Dodó, depois do parto, ficou com enorme escroto embaixo da vagina. Amamentava as meninas, ia ao piri, sentava em cima de um toco, a cobra vinha e mamava. As meninas cresceram, ficaram moças. A cobra cresceu, virou cobra-grande, que vaga por aí assustando. Já com 60 anos, a Dodó deu de virar matintaperera do tipo que voa. A filha Zira deu também pra matinta que voa. A filha Diva deu para matinta que anda. Até hoje cumprem sua sina, sem fazer mal a ninguém, toda vez que experimentam qualquer forte emoção.

— Vôte. Te desconjuro. — Reagiu Raimundo, desta vez.

Devia andar por perto das duas da madrugada. Além da mata, do lado oposto ao ancoradouro, surgia aquela imensidão de lua cheia, clareando as águas. Raimundo e Zé

Cuia, nada obstante a ansiedade pela hora da partida, acabaram por dormir. Ao despertarem, já o Mundurucus cortava as águas, na longa viagem de subida do rio. Para os tripulantes era a viagem de reencontro com o Palhaço. Para os retirantes era o retorno definitivo a Itaituba, completamente esquecida a ilusão de uma tal de Cabânia.

XXVII

À hora da partida do Mundurucus e do Cacique, do porto de Ecuipiranga o Palhaço aportava na vila dos Tapajós. Ainda madrugada, para aproveitar o luar e para ganhar tempo, Gito e Raiol cumpriram ordens de Pilin, baixaram um dos escaleres, esticaram o espinhel bem próximo à confluência do Tapajós com o Amazonas. Contavam que já ao amanhecer pudessem recolher os anzóis com peixe mais do que suficiente para o moquém do almoço. Operação rápida, voltaram ao gaiola em tempo de cochilarem o melhor sono de fim de madrugada. Com o levante do sol, Pilin determinou o desembarque de todos. Passariam o dia em terra, o barco seria lavado, embarcariam à noitinha, partiriam de madrugada, com a pressa própria dos atrasados, rompendo a fase mais difícil que ali se iniciava na subida do Amazonas, rumo às Anavilhenas, enfim o destino: Cabânia.

A vila dos Tapajós, sobretudo no verão, principalmente agora, quando despojada do elemento poluidor, este posto em retirada no porto de Ecuipiranga, era o postal vivo da beleza. O rio Tapajós, nessa hora, reinava absoluto com suas águas escuras, refreando as águas barrentas do Amazonas no leito próprio do rio-mar.

Alvejavam as praias da Prainha até à Caieira e a Ponta da Maria José. Bem junto à Vila abandonada, no meio do Tapajós, eqüidistante das margens, a coroa de areia se projetava do fundo das águas como se fora fantástico boto branco acabando de boiar.

Pilin tomara conta de uma das tantas maloquinhas de pescadores alinhadas na praia de frente da Vila. Cinco esteios fincados, um deles ao centro, em torno deste uma mesa rústica de tábuas, cobertura de palha de inajá, era toda a arquitetura da maloca. Das proximidades rolou grosso tronco de árvore para dentro, pô-lo de pé, firmou-o na areia, bateu o sujo das mãos, sentou-se, desdobrou o mapa da rota do destino, muniu-se de um toco de lápis. Ao primeiro descuido, o vento moleque lhe tomou o mapa. Teve que correr e apanhá-lo quase dentro d'água. Voltou, sentou-se, abriu o mapa, prendeu-o com pedra sobre a mesa e disse ao vento: "Agora eu quero ver". Fixou a atenção no mapa. Na realidade, nada tinha a ver mais nele, pois já o sabia de cor. Abri-lo sobre a mesinha, fingir que o examinava, era só pretexto pra ficar só e passar o longo dia de espera até a hora da nova partida. Desde que vira o corpo de Suzel, fazia tudo para estar só. Nesses momentos de solidão, repetia o mesmo exercício até a exaustão mental: recordar os mínimos detalhes da cena. Quando a memória esmaecia, complementava-a com a fantasia. Por vezes punha-se a esboçar desenhos do rosto ou dos seios ou do ventre ou do sexo ou das coxas ou das nádegas. Não se sentia capaz de esboçar o corpo inteiro. Temeroso de comprometer a beleza do conjunto. Repelia até com gestos os pensamentos que se encadeassem à realização mental do ato sexual, mas admitia sem censura masturbar-se repetidamente diante do esboço de partes destacadas do corpo da moça. No concurso que patrocinasse para eleger qual o detalhe do corpo que mais o excitava, o campeão absoluto seriam os lábios. Deles guardava todos os desenhos, enquanto os demais rasgava logo após concluí-los. Não conseguia equacionar por que os lábios dela o excitavam tanto, fossem fechados, fossem em articulação da fala, fossem sorrindo. Em mais de cem esboços caprichados, em cada um faltava a expressão do imperceptível. Chegou a convencer-se de que só seria capaz de entendê-los e expressá-los no dia em que pudesse tocá-los, não com os dedos, mas com seus próprios lábios. Idéia, porém, absurda. Quem sabe talvez em sonho. Por isso que, antes de dormir, centrava o pensamento nos lábios dela. Ao despertar, a frustração. Não conseguia sonhar com ela, com nenhuma parte dela, muito menos com os lábios dela. Experimentou descobrir o mecanismo do sonho. Por que sonhamos? Como sonhamos? O que sonhamos? Como conduzir o processo? Resultaria o sonho da associação de imagens colhidas consciente ou inconscientemente através dos sentidos ou simplesmente produzidas na mente? Convenceu- se de que o sonho resultaria do concurso de imagens diversas, que, associadas, produzem novas imagens, à semelhança do resultado gerado do encontro de elementos distintos, assim como a água advém da junção do hidrogênio com o oxigênio, o ácido sulfúrico, do hidrogênio com o oxigênio e o enxofre. O desafio era encontrar e produzir as imagens que, associadas, gerassem, os lábios de Suzel. Como tempo não faltasse, como o passatempo fosse gostoso, Pilin se impusera a nobre missão de, com experiências diárias, um dia descobrir finalmente o segredo dos sonhos. Escreveria então um tratado, colaborando com a humanidade, na substituição sadia do uso nocivo dos tóxicos.

Absorto em devaneios, Pilin espantou-se com a voz de Suzel:

— Ei, comandante. Dormindo ou sonhando acordado?

Embaraçado, Pilin levantou-se. A moça completou:

— Vou com Mulato dar uma espiada por aí. É bem capaz que encontre alguém que tenha preferido ficar, assim como em Itaituba preferiu ficar o tio Tobias com a tia Coló.

Ainda estático, sob os efeitos do flagrante, Pilin só soube dizer:

— Tenham cuidado.

Suzel seguiu em frente, atrás de Mulato, gingando as ancas, propositadamente, sob a sensação do olhar cúpido de Pilin. Ele não lhe dissera, mas ela sabia que nunca tivera uma mulher. E desde que lhe percebera os desejos refreados, divertia-se em provocá-lo. Antes de desaparecer na primeira dobra da trilha, como de outras vezes, voltou-se subitamente, mas ele, atento, já lhe virara as costas, dando de andar em direção à maloquinha em que, a cerca de cem metros, se instalara o Velho Aníbal com Migo, seu fiel secretário, auxiliar, enfermeiro ou coisa que o valha. Perguntou pelos doentes. O Velho Aníbal, com riso estreito nos lábios, corrigiu, vaidoso:

— Doentes não, pacientes.

E explicou que os pacientes se haviam espalhado, cada um, a dois ou em grupo, em busca de algum lugar solitário, onde pudessem privar de intimidade. Pilin anuiu que era muito justo. Amontoados no porão do Palhaço, poucos momentos por dia apenas no tombadilho, não restava tempo ou espaço à intimidade. "Como não pensamos nisso, tio Aníbal?", lamentou Pilin. O Velho Aníbal, sempre muito discreto e avaro de palavras, apenas balançou a cabeça, concordando. Mas Pilin, inquisidor por natureza e vocação, não se conformou. Estava certo de que o mutismo de Aníbal era estudado e programado. Chegaria o dia em que acabaria sabendo quem realmente estaria por trás daquela barba espessa e não cuidada, que não devia atestar a verdadeira faixa etária do dono. Travestido em pajé, Aníbal manipulava as plantas medicinais com a consciência de quem dominava a botânica, a farmacologia, a medicina. "E por cima de tudo", pensava Pilin, "ainda interpreta com muita sensibilidade, a Serenata, de Schubert". Só havia um meio de descobrir a verdade: por intermédio do próprio Aníbal. Por isso, insistiu:

— Tenho notado que os tuberculosos estão saudáveis. Os leprosos parecem em franca regressão.

Aníbal levantou os olhos e transmitiu a impressão de

que nada entendera do que acabara de ouvir. Pensou Pilin: "Vou logo direto, pergunto-lhe sem rodeios o que eu quero saber e pronto". Rejeitou a idéia. Voltou à inquisição, carinhosamente:

— De Itaituba pra cá não houve contágio, tio Aníbal? Como se manifesta a lepra?

Desta vez, o Velho Aníbal respondeu com franco e simpático sorriso. Voltando o rosto para a direita, apontou para a praia e disse:

— O pessoal está começando a vir.

Pilin retornou à sua solidão na maloquinha em que se instalara, retomou o toco de lápis e começou um novo esboço dos lábios de Suzel. As horas se passaram. Trouxeram um pedaço de curimatã moqueado, Pilin recusou. Fim de tarde, os doentes reembarcados, Raiol veio a Pilin:

— Vou lá no barco e volto.

— Não. Pode ficar. Vou com Mulato e Suzel.

O sol vermelhão mergulhava ao longe no Tapajós, lá onde a vista esbarra em seu próprio limite. De lá para cá, o espelho d'água era escama brilhosa de pescada-branca. Envolvido na magia da hora, abstraído, o desenho pronto nas mãos, Pilin foi uma vez mais colhido em flagrante delito, aquela voz macia tão perto do ouvido que dera pra sentir o hálito dela no pescoço.

— Esses lábios são meus, comandante.

Pilin voltou-se bruscamente. Suzel não afastou o rosto. Miraram-se frontalmente a menos de um palmo. Ela lhe segurou os cabelos com força, quase com raiva, trouxe os lábios dele sobre os seus, pôs-se a roçá-los, umedecendo-os com a ponta da língua. Ele foi aos poucos tomando as iniciativas. Passou os braços tímidos sobre as costas dela. De repente, como se houvesse rompido os muros da inibição, agarrou-se-lhe aos cabelos com as duas mãos, beijando-lhe os olhos, o rosto, o nariz, o pescoço, por fim os lábios, com amor, carinho, fúria, volúpia. Na única pausa da sofreguidão do beijo, Suzel desvencilhou-se, saiu correndo, jogou-se com roupa e tudo dentro d'água junto do bote, perto de Mulato. Recomposto, logo a seguir, Pilin repetiu a cena, lançando-se ao rio, próximo a Mulato e Suzel. Tomaram depois o bote, remaram para o Palhaço. De madrugada, como programado, o gaiola partiu. Antes que amanhecesse, em pleno Amazonas, Mulato, ao leme, voltou-se para de onde haviam partido. Viu, distante, um foco de luz em movimento, como se fosse em busca da vila dos Tapajós. Encantado, persignou-se e murmurou para si mesmo:

— É ela. É a cobra-grande!

Mais do que depressa, apagou os faróis do Palhaço.

No Mundurucus, o piloto entrou em pânico, manobrou o barco bruscamente em direção da margem, gritando desesperado que lá vinha a cobra.

XXVIII

Pilin acordou no meio da noite. Aumentou a luz do candeeiro. Apanhou toco de lápis e papel. Pôs-se a fixar em desenho o sonho que acabara de ter: uma mulher de costas, salpicada de pingos d'água da cintura pra cima, cabelos caindo até os ombros, perfil do rosto esquerdo, apenas um dos seios na omoplata direita, o sexo sem pêlos sobre a espinha dorsal, à altura da cintura. Não deu para expressar que o sexo era o da fêmea do peixe-boto e se apresentava untado de óleo afrodisíaco. Guardou o desenho. Deitou-se. Não dormiu mais. Até de manhã ficou tentando interpretar as imagens do sonho. O rosto não lhe lembrava ninguém que conhecesse, nem dera pra perceber se a mulher sorria ou estava séria. Lembrou-se que ela estava com os braços abertos, segurando-se na borda de uma canoa. Da cintura pra baixo, o corpo estava imerso na água límpida do rio. Deteve-se demoradamente neste detalhe, que não lembrara enquanto desenhava o sonho. Identificou as nádegas da moça com as de Suzel, roliças e firmes. Mas o seio não se parecia. Como não se parecia a cor da pele. A moça do sonho era branca, Suzel era morena. Os cabelos nos sonhos vinham louros até os ombros, os de Suzel desciam negros até passando a cintura. E o sexo? Por que da fêmea do boto? Certo que a semelhança com o sexo da mulher é tanta que, quando menino, lembrou-se, certa vez os pescadores trouxeram uma fêmea de boto; estava aquele amontoado de gente em torno da canoa; a criançada correu pra ver o que era; os adultos afastaram os meninos, "Vão pra lá, não podem ver"; mas menino tem parte com o cão; quando os adultos foram embora, ficou lá a bota dentro da canoa. Como nunca tinha visto antes sexo de mulher, o sexo da fêmea animal não lhe dissera nada. Pensando bem, porém, pelo pouco que já vira de sexo de mulher, não faz muita diferença com a fêmea do boto. Apercebeu-se de que sentira no sonho o desejo forte de tocar no seio e no sexo da mulher-boto. Sentira repugnância ao sexo untado de óleo. Parecia óleo de andiroba e ao mesmo tempo era como se ela houvesse saído do coito. A recapitulação o estava deixando excitado. Não era bem o que queria. A intenção era exercitar-se para encontrar a fórmula do sonho. Recondicionou a mente embaralhada. Pensou: "Antes de dormir me concentrei no rosto dela, nos lábios dela, no sorriso dela, naquele beijo ardente e só. Dela, porém, a moça do sonho só tinha as nádegas, no que não pensei". Devo admitir que este sonho já significa um grande passo. Pela primeira vez, ao menos, o sonho tem nexo com a pessoa idealizada. Embora dela só se identificasse uma parte do corpo, a consciência onírica era de que a moça era Suzel por inteiro. Pilin se convenceu, por fim, de que a concentração antes do sono não fora suficiente. Haveria de conseguir a concentração total e absoluta, de forma que o sono já o apanhasse na fronteira do real e do onírico. Dentro, porém, da plena realidade, era plena manhã de um outro dia, que não sabia qual e nem lhe interessava saber. Vivia repetindo para si mesmo ou para quem quisesse ouvir que a vida é apenas um grande momento, sem divisão de minutos, horas, dias, meses e anos. Daí não lhe importarem datas, fossem de nascimentos, batismos, casamentos, aniversários ou quaisquer outros eventos. Só a morte o impressionava, não como data, mas como fato em si.

Haviam-lhe impingido, desde os 14 anos (agora já perdera a noção de quantos anos tinha), que a morte era o princípio da verdadeira vida, na eternidade, junto a Deus, na bem-aventurança. Ainda nem se ordenara padre e já não conseguia superar as grandes dúvidas do homem ante a imperscrutável concepção da eternidade. Tinha de crer, cegamente, sem discussão. Do contrário teria perdido a fé, um dos pressupostos necessários à condição do sacerdócio, a não dizer do cristão. Após descompromissar-se com a Igreja e com a Ordem dos Frades Menores, para viver a seu modo o ideário de Francisco de Assis, adaptado às suas próprias e pessoais circunstâncias, e às circunstâncias do meio e conforme o momento da vida, não mais repelia como tentação do demônio a discussão íntima dos grandes temas: Deus, demônio, céu, inferno, eternidade, bem-aventurança, ressurreição, reencarnação, purgatório, o sentido da vida. Nessa discussão interior, permanente, a nenhuma conclusão satisfatória lograra chegar. Por isso o impressionava a morte dos seres vivos, sobretudo do ser humano. Era como se perdesse em cada ser que morresse mais uma chance de encontrar resposta à indagação mais angustiante: "Vale a pena viver"?

Soprava o vento terral. Fazia frio. Nuvens escuras prenunciavam tempo ruim. O Palhaço atingira a margem esquerda do rio, após travessia tranqüila, em noite de muita estrela. Para evitar os barrancos flutuantes, repletos de mureru, Mulato, ao leme, começava a afastar-se da beira, iniciando nova travessia. Pilin apressou-se até a popa. Comentou o tempo com o piloto. Apontou na margem o que restava do que seria imensa árvore submersa pela enchente até a copa:

— Está vendo a copa do bacurizeiro?

Mulato confirmou:

— Estou vendo.

— Se não me engano, ao lado da copa vejo uma maromba. — Prosseguiu Pilin.

— É uma maromba, sim. — Confirmou Mulato.

— E tem reses na maromba.

— Vamos encostar. — Ordenou Pilin.

Gito e Raiol entraram em ação. Baixaram as velas. Lentamente, o Palhaço se aproximou do objetivo. Logo veio a surpresa, mal ultrapassaram a copa do bacurizeiro semi-submerso. Por trás da maromba, a cerca de cem metros, havia outra maromba com quatro reses em cima uma palafita ao lado, um homem à janela dando adeus com a mão. A muito custo, vencida a força da correnteza, Gito e Raiol conseguiram acostar o Palhaço à copa do bacurizeiro. Concluída a operação, a chuva caiu intensa, acompanhada de vento forte e muita maresia. Mas não demorou mais do que até por volta do meio-dia, quando o céu virou azul. A curiosidade trouxe quase toda a tripulação para a proa. Pilin acenou para o homem, que voltara à janela do tapiri-palafita. Como não desse demonstração de haver entendido a mensagem dos acenos, Pilin mandou Raiol apanhá-lo. Ele se chamava Damião do Caixão, que ainda por volta dos quarenta e cinco anos estivera morre-não-morre às voltas com nó nas tripas, fizera ele mesmo seu próprio caixão, mas não morrendo, pendurara desde então a peça sobre a rede de dormir para espantar a morte, o tempo fora passando, um a um da família fazendo as contas com Deus e ele firme, até que ficara só; não sabia dizer bem quando, porém já tinha um par de dias, passara uma porção de barcos no rumo de cima, parara adiante na vila dos Pauxis, vieram uns conversar para ele ir junto pruma tal de Cabânia. Suzel, a essa altura, excitou-se. Queria detalhes. Perguntava se ouvira nomes. Se prestara atenção no cabelo, na barba, no bigode, no nariz, na boca, na altura, no jeito de falar, na roupa, nos nomes das pessoas e das embarcações. A sofreguidão de Suzel em querer saber de tudo era tanta que Damião acabou por nada entender nem responder. Pilin observava. De início, pensou que a moça estivesse apenas ansiosa por notícias que a ligassem às suas origens. Quando ela, porém, insistiu em saber características físicas, sentiu ciúme. "Ela no fundo quer mesmo é saber do tal Vinagre, de quem fala tanto", pensou. Ante o mutismo de Damião e a decepção dela, penalizou-se e resolveu ajudá-la como tempos atrás, quando ela empolgada, falava, falava, ninguém entendia, ele cochichava, um passava pro outro e tudo bem. Dentro em pouco, Damião transmitiria a informação de todos os fatos, de modo a que Suzel pudesse concluir que por ali havia passado muita embarcação e muita gente com destino a Cabânia, menos, porém, o pessoal de Itaituba, vila dos Tapajós ou da capital. Suzel afastou-se, desencantada e preocupada. Pilin simulou pretexto e foi atrás dela. Encontrou-a às proximidades da cabina de comando, apoiada no balaústre.

— Que é que você acha?

Ela não respondeu. Olhou-o fixamente, levou a mão fechada à boca, soprou sobre ela, em gesto seu característico, e fez a mesma indagação:

— Que é que você acha?

— Podem ter passado à noite. O pessoal que o Damião viu pode ser de tantas outras localidades. Você não falou que havia destacamentos pregando a idéia por toda parte?

— É. É isso mesmo, você tem razão.

Desanuviada, Suzel indagou do comandante:

— Quando retomaremos a viagem?

— Amanhã de manhã cedo.

Nesse instante, os dois ouviram a voz fleumática do Velho Aníbal:

— Comandante, o Palhaço tá tomando água.

— Por onde?

— Pelas falcas.

Desceram até os porões, levando Mulato, Gito e Raiol. Retornando ao convés, Pilin sentenciou:

— Isso é obra de turu. Não podemos prosseguir. Vamos ter que esperar baixarem as águas, puxar o barco pra terra, matar os turus e calafetar os furos. Não tem outro jeito.

Incrédula, Suzel não se conformou nem acreditou em Pilin. Depois que o grupo se desfez, foi atrás de Mulato e quis saber isoladamente o que ele pensava.

— É isso mesmo, dona Suzel, a senhora num sabe? O turu é uma peste, se agarra no casco, vai furando, furando, até varar por dentro e o barco acaba tomando água; tem que puxar o barco pra terra, pegar folhas de buriti, fazer fogueira com as folhas, esquentar o casco, até sair leite dos furos; quando sai leite dos furos é o turu que morreu; põe breu nos furos, calafeta e pronto.

Suzel fez-se em estado de perplexidade. Não disse nada, nada mais perguntou, procurou onde pudesse estar só. Sentou-se sobre o gradil, pernas pra fora do barco. Rio abaixo, o sol pousava sobre as águas, prestes a mergulhar. Pra não penar as frustrações, Suzel abstraiu-se na fixação de todos os instantes da imersão do dia. Não percebeu que junto a ela, Pilin lhe aguardava o regresso, tão respeitoso como se, entrando em um templo, ali se deparasse com um monge em prece. Até que veio a noite. Ela voltou à dimensão do real. Ao perceber Pilin do lado, assustou-se, desequilibrando-se. Atento, ele a segurou firme, pela cintura. Refeita do susto, ainda envolvida, sentindo-se protegida, recolheu as pernas, desceu de sobre o gradil e abraçou-se a ele. Tempos depois, já próximos do destino, eles relembrariam esse instante sem palavras como a forma mais precisa de dizer "eu te amo".

XXIX

Armar um barco para uma viagem sem retorno, rumo ao desconhecido, não seria tarefa de poucos dias. Após ouvir de Vinagre que passaria o governo a Angelim e partiria pra Cabânia, Lavor apressara-se nos preparativos da viagem. Quinze dias, porém, eram passados e não conseguira mais do que apenas dois voluntários. Não se dera conta de que era a pessoa menos indicada a sair por aí arregimentando gente. Ouviu repetidamente: "estás louco", "continuas o sonhador de sempre", "então, é mesmo verdade que o Vinagre vai fugir", "não, muito obrigado, vai sozinho". Nada o demovia. Persistia. Uma noite, no entanto, sentiu-se arrasado, quando tentou convencer Antônio Vinagre, o irmão do presidente, a acompanhá-los. Depois de discursar ardorosamente por cerca de trinta minutos, convicto de que havia conseguido empolgar o interlocutor, Lavor ouviu o que jamais gostaria de ouvir: "Tu, Lavor, e teu protetor Batista Campos, nos metestes nisto. Esqueceste de teus panfletos contra o Malhado? És do tipo que atiça e sai correndo na hora da briga. Nunca te vi pegar em arma. Quando o Malhado reagiu, fugiste. E agora queres fugir de novo? Só que agora está difícil. Duvido que consigas sair deste inferno para a tua Cabânia. Em todo caso, boa sorte, pra ti e pro meu irmão". Lavor reagiu: "Tu e o Angelim são dois incompetentes; não vês que a luta é desigual? Que queres mais senão morte, desgraça e miséria?". Antônio virou-lhe as costas, sem dignar-se em dizer até. Lavor acompanhou-lhe a retirada com os olhos. Humilhado, deu de andar. Entrou no primeiro boteco, pediu cachaça, bebeu o resto da noite, acordou no chão imundo em pleno meio-dia, sentou-se, tomou consciência de seu estado, levantou-se e foi beber em outro lugar. Durante uma semana comeu quase nada, bebeu quase tudo. Trôpego, sujo, barbado, domingo à tarde, não encontrando aberto nenhum dos costumeiros botecos, flagrou-se batendo à porta da casa de Vinagre. Ninguém atendeu. Sentou-se no batente. Dormiu profundamente. Acordou segunda-feira em rede limpa, de roupa mudada. Vinagre o encarou com aqueles olhos duros e penetrantes de quem se habituara a ver cenas de horror e desespero. Disse Vinagre:

— Então o meu leal companheiro sai por aí bebendo em todos os botecos e some uma semana inteira? E o barco? Tudo pronto? Quando partiremos?

Lavor engoliu em seco a indisfarçada ironia. Não tentou articular uma única palavra. Quando o constatou recuperado com a refeição que lhe mandara servir, Vinagre prosseguiu:

— Já sei que não conseguiu tripulação; já sei que não

conseguiu convencer ninguém a acompanhar-nos; mas não importa, a tripulação pode deixar comigo, partiremos dentro de cinco dias.

Lavor reanimou-se. Levantou-se agitado, Ponderou:

— Se consegues a tripulação, por que não partimos hoje à noite, enquanto é tempo?

Vinagre, agora calmo, sereno e amigo, passou o braço direito por sobre os ombros de Lavor e o inteirou dos acontecimentos ocorridos durante a semana de abstração etílica. Estava fundeado com seus navios, em frente à cidade, o novo presidente da província do Grão-Pará, mandado pela Regência, marechal-de-campo Manuel Jorge Rodrigues. Vinagre mandara saudá-lo com 21 tiros e a bandeira imperial. À noite, uma comitiva fora a bordo dar as boas-vindas do presidente cabano.

— Será a apoteose, Lavor, a nossa partida para Cabânia. Entrego o governo a quem de direito e vamos fazer a vida em outro lugar.

Lavor sentou-se, desanimado. Mas resolveu contestar.

— Já vi esta cena antes. O tal marechal vai fazer o mesmo jogo do Pedro da Cunha. Vai cobrir-te de atenção, para depois fazer exigências.

— Não, Lavor. O marechal é diferente.

— Não compreendo, Vinagre.

— O que é que não compreendes?

— A tua instabilidade. Da última vez, estavas disposto a passar o governo pro Angelim. Agora vais entregá-lo ao patrício do Malhado, tão português quanto ele.

— Ora, Lavor, pensando bem, dessa maneira salvo o Angelim da besteira que ainda acabará por fazer se assumir o governo.

— Mas não percebes, Vinagre, que o marechal não vai deixar escapar ninguém? Vai contemporizar, vai blefar, vai te usar, até assumir. Na hora que assumir, manda acabar com todos nós.

— Por isso que a condição que impus foi a anistia.

— Muito bem, anistia ele prometerá, mas não cumprirá. Por que teria que cumprir, se para eles não passas de bandido e desordeiro?

Vinagre, mãos entrelaçadas às costas, andava de lá para cá, procurando conter a irritação. Quase esquecera que era, no momento, o todo-poderoso comandante-em-chefe dos cabanos no poder, capaz de mandar cortar os colhões do pretenso macho que ousasse contrariá-lo. Passou-lhe pela mente romper com a teimosia de Lavor. Avaliou, porém, que somente um verdadeiro amigo teria coragem para antepor-lhe espelhos diante da cara. Vivemos cercados de tanta gente, sempre disposta a elogiar, a incensar e a bajular. Gostamos disso. Amigo mesmo, no entanto, não precisa agradar-nos com encômios. Tem mais é que mostrar-nos os erros e alertar-nos do perigo. Vinagre parou abruptamente diante de Lavor, que, paciente, esperava o efeito da indução. Disse-lhe o presidente:

— Agradeço pelos teus temores. Mas estou certo. Vai para bordo. Até ao cair da noite terás a tripulação e os mantimentos. Partiremos juntos.

Sem dar tempo a qualquer nova indagação, Vinagre

saiu. Instantes depois, Lavor descia no rumo do porto. A caminho, resistiu ao impulso de entrar nos botecos. Transportou-se para Cabânia. Entrou na Via da Meditação. Como autômato, chegou ao barco. E esperou por Vinagre.

XXX

— O diabo é sabido não porque é diabo, mas porque é velho.

Esse foi o desabafo do velho Damião do Caixão, quando o Palhaço largou da maromba de seu sítio, rumo à aldeia dos Pauxis, distante umas poucas léguas de beiço, rio acima. Fora realmente o peso da experiência do velho que convencera Pilin a prosseguir viagem até a aldeia, onde encontrariam condições de puxar a embarcação pra terra e reparar os furos abertos pelos turus. A idéia inicial de Pilin era ficar atracado à maromba do velho Damião, esperar que as águas baixassem, puxar a embarcação, calafetar, para só então seguir em frente. Quanto tempo de espera? Para Pilin, que não raciocinava por horas nem dias, seria apenas um grande momento. Para Suzel, seria uma eternidade. Por isso que a moça resolvera usar o Damião para pressionar Pilin. E não lhe fora difícil. Depois que conseguiu ganhar a simpatia e a confiança do velho, pintou-lhe com tanta força e beleza o quadro da nova terra, que a ele já não importava abandonar sua palafita e os poucos bois sobreviventes da grande cheia. Na ocasião mais própria, Suzel lhe perguntou:

— Quanto tempo vai demorar para as águas baixarem?

O velho Damião pensou, olhou as marcas d'água nas copas das árvores, relembrou outras cheias e sentenciou:

— Uns sessenta dias, moça.

Para Suzel, sessenta dias soaram como sessenta anos.

— Não daria para chegarmos até a aldeia dos Pauxis? — Indagou?

— Ah! Que dá, dá, moça. — Respondeu de pronto. — Já fui quase daqui até a aldeia dos Tapajós em canoa toda brechada. Furo de turu é muito jito, não faz medo.

— Diga isso pro comandante e a gente vai embora.

O velho riu. Suzel insistiu. Damião resistiu:

— Homem é bicho besta, minha filha. Não agüenta pedido de mulher bonita.

— Com esse aí não adianta. Conte a ele sua experiência.

— Está bem; estou velho, mas ainda sou homem e bicho besta. Vou falar.

Mas vários dias se passaram sem que Damião encontrasse jeito de falar. Enquanto isso, para passar o tempo, os retirantes vinham a Suzel indagar da nova terra, como se ela fosse a única pessoa que lá houvesse estado. Sem negar nem confirmar, ela adornava e acalentava os sonhos de todos com aspectos de sua própria mentalização do lugar para onde iam. Descrente do lugar, Pilin se afastava do grupo toda vez que Suzel exacerbava a pintura do quadro. Irritada, numa dessas noites de sessão de fantasias, Suzel não deixou por menos: interrompeu a sessão, foi atrás de Pilin e o interpelou, furiosa:

— Por que você se afasta irônico, toda vez que falo da nova terra?

A reação de Pilin foi característica: um leve sorriso e nenhuma resposta. Paradoxalmente, essa maneira de ser, ao mesmo tempo em que provocava crises de ódio em Suzel, despertava-lhe no fundo mais admiração e atração pelo comandante. Matreiramente, ela não insistiu na resposta, como de hábito fazia. Chorou. Nesse instante, o velho Damião, que à pequena distância observava os dois, julgando que o choro da moça significava reação à negativa do pedido de ir em frente, predispôs-se a tentar convencer Pilin que seguissem até a aldeia dos Pauxis. Mas teve que aguardar, quando viu Pilin envolver o rosto dela com suas mãos e falar-lhe só para ela ouvir:

— Em primeiro lugar, refuto a acusação de ironia. Que me afasto, é bem verdade. A ironia é apenas impressão.

— E por que se afasta?

— Para não me decepcionar quando chegarmos. Um lugar assim, um modo de viver do jeito que você fala, simplesmente não existe. Tudo quanto você conta e descreve existe sim, mas dentro de nós mesmos, em momentos de fuga do real. Se você quiser, sentamos aqui agora, concentração total, acordados, e nos transportaremos para um mundo diferente de tudo quanto nossos olhos viram.

Para deixá-los à vontade, Damião se afastara até a

popa do Palhaço, entretendo-se em animado papo com Mulato. Até que Suzel apareceu sabe lá quanto tempo depois. Rosto sereno, irradiando felicidade, como se houvesse acabado de realizar-se no ato de amor, ela disse aos dois apenas um "oi!" desajeitado. Damião e Mulato entreolharam-se, como a confirmarem a íntima suspeita. Damião indagou:

— Então, tudo certo?

— Que nada. Não toquei no assunto.

Convencido de que a moça, todo o tempo que passara com Pilin, estivera envolvida em jogo amoroso, Damião pensou: "Perdeu a melhor ocasião de convencer um homem teimoso". Enquanto pensava, olhava incrédulo para Suzel. Ela repetiu:

— Não toquei no assunto. É verdade. Você ficou de falar.

Foi aí que o velho realmente se decidiu, disse "peraí", foi procurar Pilin, começou a conversa dizendo da noite, da cheia, das esperanças da nova terra, de gado, de canoa alagada, de turu, por fim, entrou no assunto:

— Comandante, se eu fosse o senhor, quando fosse de manhã desamarrava o barco e chegava até a aldeia que fica bem ali.

— Como assim, tio Damião?

— Por estes dias vem a praga de maruim e não vai ter quem agüente. É maruim de dia e carapanã de noite, comandante. Uma desgraça quando as águas começam a baixar.

— Mas não dá pra chegar, tio Damião.

— Como não dá? Só por causa desses furinhos de turu? Lá na aldeia mesmo ainda com a cheia, dá pra puxar o barco. Se ficar aqui, acaba afundando antes que a água abaixe.

Pilin pensou um instante, levantou-se e decidiu:

— Se é assim, vamos embora, agora mesmo.

Vitorioso, pávulo, o velho Damião apressou-se até a popa, deu alvíssaras a Suzel e Mulato, foram acordar Gito. Raiol, Migo, Tapioca e o Velho Aníbal. Em rápida operação, a madrugada clara de resto de luar, desatracaram o Palhaço da maromba e tomaram o rumo da aldeia dos Pauxis.

XXXI

O Palhaço amanheceu em frente à aldeia dos Pauxis. O velho Damião achegou-se até Pilin.

— Não disse que dava pra chegar, comandante?

Pilin comentou que não julgava estarem tão perto da aldeia. Deu ordem para atracar do lado esquerdo do trapiche, por onde via melhores condições para puxar o barco pra terra. Mal acabava de instruir a atracação, assustou-se com o estridente apito do gaiola. Voltando-se para a cabina, viu Suzel acionando ininterruptamente o dispositivo, o rosto iluminado, como a fazer do apito a expressão sonora de seu largo sorriso, que acabou por contagiar os retirantes sem faltar nenhum. Quem ainda dormia, apressou-se em subir ao convés. Muitos vieram indagando se haviam chegado finalmente à nova terra. Para espanto geral, da aldeia julgada abandonada, várias pessoas correram ao diminuto trapiche. Nada mais, porém, do que apenas onze pessoas. Por primeiro saltou Suzel, inquisidora, querendo saber de tudo, a começar dos nomes. Raquítico, desdentado, mas bem falante, apresentou-se Benedito Manso, delegado do que até muito pouco tempo fora a aldeia. Apontou para a mulher gorda e mulata ao seu lado: "Esta aqui é Bajica, minha mulher. Este um é meu cunhado Mané Verginho. Aquela uma é milha filha Guili. Aqueles um são meus filhos Regate e Pedro Santo". Como o delegado se omitisse na apresentação dos demais, Suzel indagou-lhes os nomes diretamente. "Me chamam de Galo Cego. Me chamam de Biriquinha. Me chamam de Pulô. Me chamam de Chibé. Me chamam de Pororoca". Terminadas as apresentações, apresentou-se Suzel, a essa altura já cercada de Pilin, Gito e Raiol. Dentro em pouco já se sabia quantas embarcações haviam passado "atrás de uma tar de Cabânia, que nós nunca ouviu falar". Cada um tinha seu forte motivo para não se aventurar rumo ao desconhecido, ali estava bom, "pra não ter nada já tenho tudo", "num sou maria-vai-com-as-outra". O caboclo Pororoca não deixou por menos e disse que o delegado Benedito Manso não tinha ido só porque, ficando na aldeia com tão pouca gente, acabaria por realizar o sonho de sua vida: botar um na cadeia. "Só que num vai ser fácil com esse físico de tísico". Para confirmar sua versão chamou testemunha: "Pulô! Ei Pulô!". Pulô respondeu: "Pulei!". E veio rindo confirmar a conversa de Pororoca. "E por que te chamam de Pororoca?", perguntou Suzel. "Ah! Isso é uma história longa, a senhora num sabe? Eu sou do alto rio Guamá, onde as pororoca usa e abusa. Um dia eu vinha vortando da pesca, a montaria correndo bonito, quando ouvi o estrondo. Pensei: É ela; é a pororoca. A senhora já viu pororoca?

Pois num queira ver. E não deu tempo de chegar na beira. O rio inchava, inchava, como se uma cobra-grande fosse boiar. E lá vinha a pororoca quebrando galho, derrubando tronco, fazendo rebujo, levando as pindopema. Quando o rebujo me pegou num deu tempo nem pra rezar, afundei com canoa e tudo. Num sei como, pela graça e pela fé de Deus, a senhora num sabe quando a pororoca passou, eu boiei sentado no tronco de um pé de castanha-sapucaia". Empolgada com a narração, Suzel indagou pela montaria. "A senhora num vai acreditar, mas porém, pela fé de Deus, é verdade, encontrei ela despois de três dias engatada na forquilha de outra sapucaia inteirinha da silva". Embora não houvessem sido testemunhas oculares, Galo Cego, Chibé e Pulô confirmaram tudo com repetidos acenos de cabeça. Suzel riu incrédula, mas não lhes desfez a idéia de que tinham encontrado uma boboca da cidade.

Sem perda de tempo, Pilin comandava o desembarque e o descarregamento do Palhaço, com apoio do delegado Benedito Manso. O que não faltaria era lugar pra acomodar, com tanta barraca vazia, depois que quase todo mundo fora embora. O delegado não parava de falar. Dava conta da vida de cada ex-morador. História puxa história. Pilin apenas ouvia. Até que pôde perguntar:

— Por que você também não foi com os outros?

— Por que? Pra depois voltar?

— Não vão voltar. O novo lugar é bonito e bom demais. E lá cada um vai poder fazer aquilo que quiser. Os que ficarem vão sentir-se sozinhos, isolados, abandonados. Estaremos juntos, faremos nossas próprias leis, faremos nosso próprio governo. Seremos irmãos. A lei maior é esta: "Amar a Deus sobre todas as coisas e ao próximo como a si mesmo".

Benedito Manso parou de repente, aparentando haver-se impressionado com a síntese da mensagem de Pilin. Segurou Pilin pelo braço, encarou-o. E perguntou:

— Tu me garantes a vaga de delegado, com um bom salário?

Pilin não respondeu. Pensou: "Estás ouvindo, Suzel? Ele quer uma vaga de delegado. Com bom salário. E você se agasta quando lhe digo que esse lugar pra onde vamos não existe". Benedito Manso reiterou a indagação:

— Você garante?

Pilin teve que responder:

— Na nova terra não haverá prisões. Não será preciso.

— Como não será preciso?

— Não haverá crime. Você será amado e você amará a seu próximo.

Nesse instante, o Velho Aníbal e seus pacientes se aproximaram. Benedito Manso arregalou os olhos, apontou para eles, e gritou espavorido:

— Leprosos! Leprosos!

Afastou-se andando de costas, olhando para os lados, à procura da mulher, dos filhos e do cunhado. Quando os avistou correu até eles, cochichou, apontou novamente para os pacientes do Velho Aníbal e, mais depressa que pôde, sumiu por trás das barracas da aldeia. Já desacostumados com a rejeição, os doentes entreolharam-se envergonhados, uns procurando na reação dos outros a atitude a tomar. O

Velho Aníbal interveio:

— Ninguém se avexe. Está tudo bem. Vamos procurar agasalho.

Pilin se dirigiu para o meio do grupo, passou o braço por sobre o ombro de Tapioca. Fez o mesmo com os outros. De onde se encontrava, a cerca de cinqüenta metros, Suzel, à frente do pequeno grupo formado por Galo Cego, Biriquinha, Pulô e Pororoca, interrompera a doutrinação e observava os efeitos da reação da família do Benedito Manso diante dos leprosos. Talvez eles tivessem procedido da mesma maneira como o delegado, se Suzel não estivesse junto. Ao verem a atitude de Pilin, um deles indagou:

— Não pega, dona?

— Se pegasse assim como se pensa, eu, o comandante e os outros estaríamos do mesmo jeito ou pelo menos com sinais do mal. Olhem.

Suzel mostrou os braços, mostrou o rosto, os ombros, abriu a blusa à altura do estômago. E prosseguiu:

— Ali, o tio Aníbal é quem cuida deles. E não está com o mal. Agora me digam: se fossem parentes de vocês, vocês os abandonariam?

Como último argumento, Suzel gritou chamando o Velho Aníbal. Veio também Pilin. Suzel pediu a Aníbal que falasse sobre os seus pacientes. No linguajar caboclo, sem se fazer de rogado, o velho discorreu sobre a doença. Sustentou com tanta firmeza que o tipo de lepra daquelas pessoas não apenas não pegava como também era curável, que dentro em pouco Pororoca e seus companheiros estavam ajudando os doentes a se agasalharem nas cabanas.

Pilin se retirou para inspecionar o Palhaço antes que desse ordem de puxá-lo para terra, a fim de recuperá-lo dos estragos dos turus. Entrou por último no compartimento que servia de enfermaria e dormitório aos pacientes. Ao tentar fechar o armário embutido entre peças de arqueação do barco, vislumbrou pequenos blocos de papel. Avaliou que se tratava de pertences de Aníbal. Pressentiu que, se examinasse os papéis, descobriria o segredo do velho. Pensou: "Já o provoquei tantas vezes que abrisse a guarda e revelasse sua identidade; ele sempre foge; se assim procede é porque tem seus motivos; tenho que respeitar". Predispôs-se a se retirar e deixar de lado o segredo do velho. Ainda não decidido, admitiu voltar atrás e investir na intimidade alheia. Teve, porém, que se resguardar diante do ruído de passos descendo a escadinha de acesso ao porão. Poderia até ser o próprio Aníbal. Disfarçou. Para sua surpresa quem se apresentou foi Suzel.

— Estava à sua procura. Que está fazendo aqui?

— Inspecionando melhor os furos dos turus. Veja aqui.

Suzel não estava interessada nos furos dos turus e disse mesmo que não adiantava ver, pois nada entendia disso. Deteve-se nos vasilhames espalhados pelo chão. Identificou suco de mastruço, óleo de andiroba, óleo de copaíba, chá de sacaca, misturas as mais diversas, algumas com cheiro forte, ardido e penetrante. Percebeu o armário entreaberto, abriu-o todo, viu os blocos de papel, retirou-os, procurou mais claridade, leu, chamou Pilin, que observava seus movimentos:

— Olhe isto.

Pilin pegou-lhe os papéis das mãos, fixando-lhe os olhos, sem conseguir decidir-se entre recriminar-lhe a indiscrição ou agradecer-lhe intimamente a ousadia. A curiosidade foi mais forte. Seu sexto sentido não falhara. Ali estavam anotadas, minuciosamente, as observações clínicas de todos os doentes, dia a dia, alguns com anotações horárias. A folha do Tapioca apresentava anotações em letras maiúsculas e sublinhadas: *Deu certo. Curado.* Pilin deteve-se mais em um dos blocos, que trazia por título: Regressão da doença. Vinham primeiro algumas considerações gerais sobre os tipos de lepra. A seguir, cada folha do bloco começava com o nome do doente e o tipo de lepra que portava, pra logo abaixo indicar a experiência a que fora submetido As primeiras experiências variavam quanto à combinação de elementos. De certo tempo em diante, os elementos se mantinham, passando a variar a dosagem de cada elemento. As anotações ocupavam toda a frente e o verso das folhas até a metade. Em letras maiúsculas, duas observações comuns a todos: doença em regressão; risco de contágio eliminado. Sentado ao lado de Pilin, Suzel se absorvera na leitura do bloco intitulado: Profilaxia. Passava a entender por que, durante muitas semanas, a água que tomava tinha gosto ligeiramente travoso. Segundo as anotações, algumas gotas da mistura de extrato das ervas preveniriam o contágio. Pelo menos naquele bloco de anotações não eram indicadas as ervas da mistura.

Envolvidos na leitura, Suzel e Pilin não deram com a

presença do Velho Aníbal à entrada do porão. Mais tarde não conseguiriam avaliar quanto tempo ele já os observava. Notado, Aníbal se dirigiu aos dois de mão estendida, pedindo seus papéis sem dizer nenhuma palavra. Pela mente de Suzel rodou o teipe mudo de Adão e Eva no Paraíso. Pilin rompeu o constrangimento:

— Bem que lhe perguntei direto quem era você.

E Aníbal:

— Agora já sabe. Quero ficar só.

XXXII

Puxar pra terra um barco do porte do Palhaço mesmo estando as águas quase a nível do barranco, era tarefa pra muita força de vontade e determinação. Todo mundo se envolveu na operação. Quem nada fez, pelo menos ficou a postos para gritar "cuidado", "puxa", "larga", "segura", "agora", "força", "amarra". Quase de noite, o Palhaço estava em terra, em cima de grossas toras de dormentes, firmemente seguro por cordas de embira enlaçadas em torno de esteios profundamente fincados no solo. Uma montanha de folhas secas de buritizeiro foi erguida. Dia seguinte seria mais fácil: acender as folhas, queimar os turus do casco, calafetar os furos, esperar secar, soltar as cordas e pronto, o Palhaço estaria flutuando. Tão intenso fora o dia que ninguém se deu conta da ausência do Velho Aníbal. À hora de recolher, Migo bateu em cada uma das cabanas. Ninguém vira o velho. Superando o aleijão dos pés, conseguiu subir no barco pela popa. Dentro do barco, foi direto à enfermaria. "Sei que ele não está aí. Mas não custa ver. Ontem de noite ele estava esquisito. Nem mexer nos seus papéis mexeu. Nem olhou pras suas plantas. Não falou com os doentes. Perguntei se ele estava mofino, ele não respondeu". Migo saiu da enfermaria. Vasculhou o barco inteiro. Sobressaltou-lhe o pressentimento da desgraça. Procurou Pilin e Suzel:

— Comandante, o senhor sabe onde está o tio Aníbal? — Pilin espantou-se:

— Por que pergunta?

Migo relatou sua busca inútil, concluindo:

— E agora?

Pilin indagou Suzel com os olhos, ela respondeu com os ombros.

Intrigado com a notícia, o comandante consolou Migo:

— Ele está por aí; daqui a pouco ele aparece; você é o ajudante dele, não é? Pois tome conta, até ele chegar.

Migo pareceu conformar-se e retirou-se penosamente, trancando e chutando os pés. Pilin deu de andar em direção à cabeça do trapiche. Suzel ao lado. A noite estava um breu. Sentaram-se. Cada um ensimesmado, nenhum ousava interromper as cismas do outro, sabendo os dois, porém, que o sumiço de Aníbal tinha a ver com suas indiscrições. Finalmente, Pilin rompeu o silêncio:

— Que é que eu tinha de bisbilhotar a vida do velho?

— A culpa não é sua; fui eu que mexi nos papéis.

— Eu poderia ter evitado que você visse.

— Eu queria ler, só não tive coragem da iniciativa.

Outro longo silêncio. Em torno, os sapos faziam a

sinfonia. De repente, comentou Pilin, se referindo aos sapos:

— Parece que nos vaiam.

Suzel argüiu:

— Que é que pode ter acontecido?

— Ele desertou. Não queria ser identificado. Deve ter suas razões, como eu as tinha e ainda as tenho.

À medida em que, uma a uma, se apagavam as luzes das cabanas, a cabeça da ponte, onde Pilin e Suzel se encontravam, confundia-se com a própria noite. Dentro em pouco, os dois eram apenas dois vultos um para o outro. Suzel sentiu medo e frio. Achegou-se para bem junto de Pilin. Mais um elo passara a uni-los: o sentimento de culpa. Pilin esticou as pernas, apoiando com as mãos o corpo ligeiramente inclinado para trás. Suzel entendeu o gesto. Deitou-se de lado. Repousou a cabeça na coxa que lhe fora estendida. Manteve-se tão quieta nessa posição, durante tanto tempo, que Pilin a julgou dormindo. Com ternura e leveza, roçou-lhe os cabelos com a palma da mão direita. Ela não reagiu, porque estava dormindo profundamente, julgou. A vontade que tinha era acariciar-lhe o rosto e tocar-lhe os lábios com a ponta dos dedos.

"E se ela acordar? Posso dizer que estava apenas espantando os mosquitos". A estática posição das pernas o incomodava. Mas se manteve firme, sem nenhum movimento. Depois de várias tentativas, finalmente se decidiu. O contato do dorso dos dedos com o rosto da moça acelerou-lhe as pulsações. Nunca roubara, mas se sentia como um ladrão. Semelhante sensação só experimentara quando, em todas as oportunidades que tivera na viagem, brechara a moça em suas intimidades. Para depois recriminar-se pela indignidade. E na próxima chance fazer de novo, incapaz de dominar o impulso da curiosidade. Perguntou-se por que não abrir diretamente o jogo: "Envolvo-lhe o rosto nas mãos e digo assim: Olha aqui, Suzel, gosto de ti, tu sabes disso, sei que também gostas de mim, vamos acabar de uma vez com este jogo". Nisso, Suzel se mexeu, encolhendo as pernas do frio. Pilin assustou-se, como se houvesse sido flagrado humilhantemente no fundo do pensamento. Agora rejeitava o rasgo de coragem que imaginava. Convenceu-se momentaneamente de que era mais gostoso continuar a fazer o jogo. Pelo menos não correria o risco do desencanto se ela reagisse dizendo: "Te enxerga". Experimentou tocar-lhe de novo o rosto com o dorso dos dedos, pronto para desculpar-se com os mosquitos. Deu certo: ela não reagiu. Reuniu, em um só gole, dose dupla de coragem e ousadia e tocou-lhe os lábios com as pontas dos dedos. No balanço de emoções vividas, tempos depois saberia que a emoção daquele toque roubado de lábios fora mais forte do que a emoção do toque permitido do sexo. Talvez porque o sensual nela fosse para ele o contorno dos lábios. Em exercícios diários para o domínio dos sonhos, os lábios dela eram a idéia mais fixa, jamais convertida em imagem onírica. No campo do real, porém, eis os lábios de Suzel à disposição de seus dedos. Propositadamente mexeu a coxa de apoio da cabeça da moça, testando-lhe a intensidade do sono. Ela não se mexeu. Confiante, as mãos já não trêmulas, mas pronto para a desculpa dos mosquitos, se ela acordasse, roçou-lhe os carnudos lábios inferiores com todos os dedos. Se ela estava dormindo mesmo ou se desde o primeiro toque estivera o tempo todo fingindo, ele nunca viria a saber. Subitamente ela lhe segurou a mão furtiva e com ela acariciou o próprio rosto. Já encolhida de frio, encolheu-se mais, desta vez de volúpia, virou-se de frente para o corpo de Pilin, abraçou-lhe o tronco, buscou aninhar-se no colo e envolver-lhe o pescoço entre os braços. Quando a ponta da língua lhe roçou os lábios, mais uma vez haveria de acontecer o inesperado. De sob o trapiche, nesse instante, repercutiu no silêncio da hora, ruído típico de remo jogado no fundo do casco de montaria encostando. Separaram-se bruscamente. Ficaram sentados lado a lado, procurando cobrir-se de escuridão. Esperaram. Ouviram passos na escada de acesso ao tablado, onde se encontravam. Sobraçando feixes de plantas e ervas, o Velho Aníbal assomou na plataforma. Parou um instante, como a recompor-se da subida, olhou em direção ao casal, arrumou melhor os feixes debaixo dos braços e foi em frente no rumo de terra, em passadas firmes e vigorosas.

— Será que não nos viu? — Indagou Suzel.

— Claro que nos viu; ele não é cego. — Respondeu Pilin.

XXXIII

O Palhaço estava pronto para a última etapa da longa viagem. Todo mundo a bordo, vírgula, menos um. Faltava o Velho Aníbal. Nem Migo nem ninguém sabia dele. Até o caboclo Mulato, que jamais falava sem ser provocado, comentou:

— O velho agora deu de sumir.

Pilin chamou Migo. Indagou:

— Ele sabia que partiríamos agora?

— Sabia, sim, senhor. Ele mesmo arrumou as plantas no porão e ficou molhando até de madrugada.

— Ele falou alguma coisa?

— Faz tempo que ele não fala, o senhor num sabe?

Pororoca, que ouvira o diálogo, interveio:

— Comigo ele falou. Perguntou do Benedito Manso. Queria saber pra onde poderia ter ido. Me garantiu que não tinha perigo de ninguém pegar a morféia.

Pilin decidiu pelo desembarque e adiamento da partida até que o velho aparecesse. Mas não foi preciso.

Por trás das cabanas, pela mesma picada por onde haviam sumido, apavorados, com a aproximação dos morféticos, chegaram apressados, fazendo gestos de espera, eis quem senão o frustrado delegado Benedito Manso, a mulher Bajica, o cunhado Mané Verginho, a filha Guili, os filhos Regate e Pedro Santo. Por trás deles, também apressado, fazendo os mesmos gestos, vestindo bata branca e comprida até os joelhos, cabelos curtos, rosto liso e tostado, o alemão Manfried Von Gott parecia o mais agitado. Da cabina de comando do Palhaço, Pilin avistou o grupo. Gritou para Suzel, às proximidades: "Olhe!". Suzel viu e se encarregou de espalhar a notícia no barco. Acorreram todos, curiosos, perguntando-se, intrigados, o motivo da volta de Benedito Manso e a família. A explicação haveria de estar por conta do personagem novo, vestido à moda tradicional dos doutores, com cara e jeito de estranja. Quando o grupo chegou ao trapiche, já lá se concentravam os retirantes, com ares de sincera satisfação, cada um se sentindo o próprio pai dos filhos pródigos.

— Quem é este um? — Indagou Migo, apontando para o estranja.

O estrangeiro tomou a dianteira do grupo. Com voz firme, um tanto arrogante, esclareceu:

— Até ontem, por trás das minhas barbas e por baixo das roupas sujas, fui o Velho Aníbal pra uns, o tio Aníbal pra outros de vocês. Pra não deixar os desta família perdidos, tive que procurá-los e convencê-los, com a autoridade da minha bata de que chegarão sãos e salvos da doença feia. Daqui em diante, sou doutor Manfried.

Manfried Von Gott. Ainda tontos os retirantes com o impacto da revelação, o doutor Manfried concluiu sarcástico, olhando firme para Pilin, depois para Suzel:

— Aliás, o Velho Aníbal foi assassinado, traiçoeiramente, no dia em que aqui chegamos. Descanse em paz. Vamos embora.

Ninguém se moveu ao comando do alemão. Raiol indagou pelo corpo do Velho Aníbal. Mulato perguntou pelos assassinos. Gito queria saber como tinham matado o velho. Tapioca chorava sem consolo. Manfried deu-se conta da própria crueldade; no fundo, o que fizera, com a única finalidade de atingir Pilin e Suzel, não se coadunava com a natureza mansa, complacente, paciente, generosa do Velho Aníbal, psicologicamente sua verdadeira identidade. A personificação do doutor Manfried, sua identidade de origem, não passava de encenação preconcebida. Há poucos minutos tão sarcástico nos gestos e nas palavras, dirigiu-se humilde para Pilin. Sem qualquer palavra pediu-lhe com os olhos: "Resolva pra mim esta situação". Pilin segurou-lhe o ombro, pressionando-o com força, até perceber que estava perdoado e que ele entendera a resposta: "Deixe que eu resolvo". Esperou instantes suficientes a que o alemão embarcasse. Na linguagem adequada, explicou que tudo não passava de uma brincadeira do velho. Todo mundo poderia depois confirmar que, mesmo limpo e sem barba, o tal alemão era o próprio tio Aníbal. "Prestem atenção na voz e no jeito; é ele mesmo; daqui a uns dias, quando a barba voltar, quem tiver ainda dúvida deixará de ter, é esperar pra ver".

Embora cegamente confiantes no comandante, mantiveram-se cépticos. Pilin, porém, perfeito conhecedor do grupo, induziu, sem mais explicações:

— Vamos embora. Embarquem todos.

E retirou-se para bordo. Postado na cabina de comando, constatou o cumprimento de sua ordem. Dentro em pouco, o Palhaço deixava pra trás o porto da vila dos Pauxis, completamente esvaziada. Velas enfunadas de vento geral, o barco seguiu veloz, rio acima, em rastros de espuma.

XXXIV

A barba grisalha do Velho Aníbal alcançara-lhe a altura do umbigo, constituindo-se em único sinal visível do tempo que decorrera entre a partida do Palhaço da vila dos Pauxis até o furo do Lago do Pato, no arquipélago das Anavilhenas. O encontro do arquipélago, após tanto tempo de busca, resultava da insistência, ou melhor, da teimosia de Suzel. Pela vontade de quase todos, pela indiferença do Velho Aníbal, pelo alheamento de Pilin, o lógico e o racional teria sido a volta mais tranqüila a favor da correnteza do rio. Difícil, muito difícil, para Suzel fora sempre romper com o estado semipermanente de alheamento do comandante, único capaz de interpretar o mapa de localização do destino. A partir das duas coincidências em que conseguira sonhar imagens concebidas antes do sono, entendera Pilin que descobrira finalmente o mecanismo psíquico do mundo onírico. Mas, mesmo assim, não se conformava por que não lograra êxito na tarefa originariamente encetada: sonhar o objeto de sua libido, os lábios de Suzel. Empenhada em tirá-lo daquele estado obsessivo, que sem a sua plena consciência do real seria impossível alcançar o destino, certo começo de noite, Suzel se achegou estudadamente manhosa, com as vestes entreabertas sobre os seios, sacudiu-lhe o corpo, esbofeteou-lhe o rosto com toda a força de que foi capaz. Ele de repente pareceu consciente, espantando-se com os lábios dela a um palmo dos seus.

— Beije-me. Beije-me. — Por favor, beije-me. Se desejar, possua-me agora.

Mas não adiantou nem que abrisse as vestes por inteiro exibindo-lhe seios, ventre, sexo, coxas e nádegas. Ele apenas lhe olhou todas as partes. Limitou-se a tocar-lhe levemente os lábios, para alhear-se a seguir. Desesperada, excitada, Suzel entrou em convulsivo choro. Buscou consolo com o Velho Aníbal. O velho, porém, estava tão absorto diante de seu inseparável pé de mastruço, agora com metro e meio de crescimento, diariamente observado, que ela não teve coragem de acordá-lo. Retornou ao convés. Recolheu-se impotente à cabina de comando, sentou-se no catre, pensou em tantas coisas, sentiu-se completamente só. Deitou-se. Não conseguiu dormir. Transportou-se para distante no tempo e no espaço. Conversou com Lavor e com Vinagre. Depois a sós com Vinagre. Experimentou, neste encontro, a gostosa sensação de quem se defronta subitamente com a pessoa que secretamente ama. Pensou: "Por que não lhe digo o que sinto?" Refutou: "E se ele simplesmente responder com riso irônico e afastar-se? Não; melhor não dizer nada; o amor é mais forte e mais autêntico enquanto secreto". Desse estado fronteiriço entre o real e o onírico, Suzel despertou com leves batidas nas paredes da cabina. Pôs-se de pé, de um salto. Saiu. Viu Pilin convulsionando-se em gozo venéreo, chamando-lhe pelo nome, mãos apoiadas no assoalho, os cotovelos batendo intermitentes nas paredes da cabina. Pensou entender o que se passava. Voltou ao seu aposento. Antes que fechasse a porta, ouviu o grito: "Consegui! Consegui!". Fechou a porta. Dentro em pouco, ouviu passos correndo. Vozes de Migo, Mulato, Tapioca e Pilin. "O que aconteceu? Não, não foi nada. Estava sonhando. Está tudo bem". Até de manhã, Suzel manteve-se em vigília. Pra sua surpresa, deparou-se com um Pilin remoçado, ativo, empolgado com a paisagem próxima e mais distante. Avistando-a, gritou-lhe Pilin:

— Já viu paisagem mais bonita?

Era uma imensidão de águas claras, tão transparentes como cristal. Viam-se os peixes como em aquário. Como em exercícios de equilíbrio de tons e semitons, eqüidistantes, quilômetro e quilômetro, ilhas e mais ilhas, centenas de ilhas. Aves em bando pousando ou alçando vôo. Rarefeito, o ar se adentrava no peito. Sem que se identificasse a origem, o ambiente se impregnara de agradável fragrância de flores silvestres desabrochando. O firmamento se mirava nas águas. Percepção paradisíaca. Baixaram-se as velas do Palhaço, como se houvessem chegado ao destino. O destino, porem, embora próximo, estava mais além, guardado no labirinto insular. A rota até o arquipélago fora muito longa, mas simples. Agora é que o problema se delineava de extrema complexidade. Debruçado sobre a carta náutica, Pillin tentava decifrar códigos de indicação exata do local. Esta tarefa final sempre a adiara, maldizendo, a cada vez que examinava a carta, a intenção do autor em esconder, entre tantos nomes de ilhas, aquela que fora a própria razão de ser da carta. As 380 ilhas do arquipélago estavam nominadas. Havia a observação na carta de que, nas enchentes, apenas 180 ficavam visíveis. Estava-se em plena estiagem. As 380 ilhas estavam visíveis. Após três dias de concentração, sem que pudesse convencer-se de hipótese sequer provável, dispôs-se a iniciar, ao amanhecer do dia seguinte, a busca do destino, ilha a ilha. Dobrou a carta desanimado. Saiu da cabina. Surpreendeu-se com a noite precoce. Não se tratava, porém, apenas de noite precoce. Observou a intensa movimentação dos tripulantes, empenhados em reforçar as amarras em grossos esteios fincados no fundo da enseada. Assustou-se com o relâmpago e o pipocar de raio parece que dentro da embarcação. Foi então que se apercebeu do tempo fechado, prenúncio de chuva e temporal. Espavorida com o raio, surgiu Suzel, vinda dos porões do Velho Aníbal, em busca da cabina. A chuva não tardou. Chuva intensa. De pingos grossos. Tinha-se a impressão, dentro da cabina, onde Pilin também se abrigara, que sobre o toldo era disparada carga incessante de metralha. Encolhida no catre, a moça tremia. Pilin, em pé, observava o efeito dos relâmpagos sobre as águas e as imensas árvores ribeirinhas. A cada descarga elétrica, uma nova e fascinante visão. Voltou-se para Suzel, pensando em fazê-la participar do espetáculo. Viu-a tão pequenina, joelhos dobrados, as mãos no rosto, querendo esconder-se sob si mesma. Sentou-se junto a ela, empurrou-lhe o corpo com leveza, sugerindo concessão de espaço. Ela entendeu e atendeu. Ele deitou-se junto, tirou-lhe as mãos do rosto, segurou-as firme. Confiante, ela se achegou.

— Passou o medo? — Sussurrou Pilin.

Em resposta, Suzel passou um braço por sobre o corpo dele. Lá fora, a chuva caía mais intensa.

— Esse barulho no toldo me faz lembrar as metralhas no largo das Mercês. — Comentou Suzel.

E prosseguiu:

— Gritos de comando. Berros de desespero. Corpos caindo. Cabeças espocando. Peitos sangrando. Braços e mãos estraçalhados. Vinagre em meio a tudo.

Depois de breve interrupção.

— Onde estará Vinagre? Será que veio mesmo? Terá morrido? Terá sido preso?

Bruscamente, Pilin se desvencilhou do semi-abraço de Suzel. Pôs-se de pé. Ela sentou-se perplexa.

— Que foi que houve?

— Você tem que sempre falar nesse homem?

— Que homem?

— Ora, esse tal Vinagre. Ele foi seu amante?

— Levantando-se, Suzel não conteve a gargalhada. Abraçou Pilin pelas costas.

— Está com ciuminho, é? Quer saber o que sinto por Vinagre? Eu o admiro pela valentia. Quer saber se eu amo? Virou o corpo de Pilin, segurou-lhe o rosto com as duas mãos, fixou-lhe os olhos chamejantes de reflexo dos relâmpagos.

— Amo você. Será que não percebe?

Ele se agarrou selvagem aos cabelos dela. Desajeitado, beijou-lhe a testa, o rosto, o pescoço, os lábios, por fim. Estimulada pela agressão da volúpia, ela se desfez apressada das próprias roupas e quase rasgou as dele. Beijou-lhe partes do corpo, mordiscou-lhe outras, puxou-o para o catre, deitou-se e se fez penetrar por ele. A partir desse instante, Pilin assumiu as funções próprias de sua natureza. Quando atingiam o clímax, as metralhas sobre o toldo se confundiam com seus gritos desconexos, a luz intermitente dos relâmpagos lhes iluminava as faces transfiguradas, os trovões e os raios pareciam rojões de festa de todos os arraiais do mundo. Na quietude física e íntima do após, Suzel se recriminava por não haver conseguido desviar a mente de Vinagre, durante todo o ato, e agora. Pilin, por sua vez, bendizia sua própria timidez, que o resguardara para realizar-se como homem no corpo da mulher que amava. Em seu particular estado de beatitude, instante a instante, Pilin beijava o rosto de Suzel, para certificar-se de que não se encontrava ante imagens oníricas. Dormiram. Acordaram em plena luz de uma manhã mais tropical do que todas as manhãs anteriores, o céu varrido e lavado pelo vento e pela chuva de toda a noite. Constrangeram-se de sua nudez.

Levantaram-se. Compuseram-se. Cautelosos por não serem vistos juntos, saiu primeiro Suzel. Ninguém por perto. Saiu Pilin. Fitaram-se.

— Devemos estar com cara de conspiradores. — Comentou Suzel.

Suzel foi para a popa. Pilin foi para a proa. Alongou a vista sobre o emaranhado de ilhas. De acordo com a decisão já tomada, deveria dar ordem de partida em busca desorientada do destino. Resolveu meditar mais um pouco sobre a carta. Retornou à cabina. Abriu o mapa. Decididamente não havia nada de que se pudesse deduzir que qualquer um daqueles nomes de ilhas se referisse à denominação Cabânia. Pensou na possibilidade de localizar-se no continente. A imensidão da procura cega o desestimulava. Veio Suzel. Integrou-se nas indagações. Foi ela que observou que os nomes das ilhas obedeciam a uma sistemática. Ou eram nomes de santos da Igreja Cató1ica, como Santa Ana, Santo Amaro, São Benedito, São Carlos, São Sebastião e assim por diante, ou eram nomes de madeiras, como itaúba, jacareúba, louro, inamin-lourinho, macacaúba, sorva, cedro, saborana, angelim, pau-rosa, ou eram nomes de pessoas. Suzel se deteve nos nomes de pessoas.

— Você já ouviu este nome? — Indagou Suzel de repente.

— Qual?

— Onira.

Pilin pensou. Nunca ouvira esse nome. Era, porém, o único nome estranho. Fugia da sistemática das denominações. Raciocinou em voz alta: *oneiros*, em grego, é sonho, fantasia, daí se tem onirismo, oníria, onírico; então, no étimo de Onira se tem Onir, oriundo de *oneiros*. Onira não é nome de pessoa, é nome de lugar. Onira, lugar de sonho e fantasia. Explodiu, aos gritos:

— Achamos! Achamos! Cabânia é Onira!

Apanhou o mapa, agitado. Lá estava. A sétima ilha era Onira.

XXXV

Vinagre entregara o governo da província do Grão-Pará ao marechal Manuel Jorge, em cerimônia das mais simples. Aparentemente chegara ao fim, sem conseqüências maiores, a revolta do populacho, dito cabano, contra o jugo português, contra os brancos, contra os maçons. Vinagre se retirava do Palácio do Governo com a consciência do dever cumprido. Durante meses fora o senhor de uma das maiores extensões territoriais do planeta, pouco ou nada importando fosse também a menos habitada. Pessoalmente saía perdendo, com os bolsos vazios e a alma cheia de amargura. Perambulando, sozinho, por ruas e travessas, à procura de Lavor, deu-se conta da própria insignificância. Sem áulicos em torno de si, era um homem qualquer que vem e que passa e em quem ninguém presta atenção. Entrava nos botecos, observava, nem sinal de Lavor, saía. A princípio, a condição readquirida de cidadão comum gerava-lhe a gostosa sensação de quem se viu liberto de grades e algemas. Já não precisaria enfrentar as recriminações da consciência diante de corpos tombando.

Quando, porém se viu ignorado, ao perguntar, no Bar da Praia, se haviam visto Lavor, teve que sair quase correndo para não cometer a imbecilidade de apelar para o "sabe com quem está falando?". Mais adiante, no Bar do Beco, ouviu a notícia:

— Um tal comandante Taylor está atrás do Vinagre e da curriola dele. Para melhor inteirar-se, pediu um trago, que foi simular beber na ponta do balcão, protegido pela precária iluminação, ouviu:

— O Angelim, o Antônio Vinagre e o padre Casimiro foram arregimentar gente no interior.

Boato puxa boato, boato puxa discussão, dentro em pouco, os freqüentadores do bar se dividiam em opiniões. Para uns, Francisco Pedro Vinagre estava certo. "Já chega de mortes. Não tem mesmo como resistir. A Regência é mais forte". Para outros, Vinagre era um frouxo, não passava de traidor dos companheiros. "Está aí, o marechal já mandou prender todo mundo". Vinagre se manteve onde estava até que ouviu o que esperava e o que queria saber. "Aquele lunático faz pouco saiu daqui". "Quem?". "O tal de Lavor Papagaio. Anda procurando gente pra armar um barco. Promete o paraíso num lugar chamado Cabânia. Até que não seria mau; isto aqui vai virar inferno mais do que já é". Vinagre pensou em indagar pra que lado fora Lavor. Receou, porém, que o identificassem. Arriscou um palpite: "Mesmo que tenha bebido, a esta hora deve ter procurado o Patagônia para dormir". Partiu para o Igarapé das Armas, onde o barco estava ancorado. Pensou: "Se faz pouco tempo que saiu do Bar do Beco, é capaz que o alcance".

Apressou os passos. Acabou chegando ao destino. O igarapé estava apinhado de embarcações, quase todas no escuro. Andou pra cima e pra baixo. "Cadê o Patagônia? Terá o Lavor mudado de porto?" Parou, junto de uma igarité: "Ei de bordo!", gritou. Esperou. Gritou de novo. Apareceu um tripulante. Não sabia informar, chegara de tarde, vindo da freguesia de Conde. Vinagre agradeceu. Repetiu inutilmente a indagação em mais três outras embarcações. Desanimou. Sentiu-se só, pequenino, perdido, indefeso. Cruzava-lhe o pensamento tudo quanto ouvira no Bar do Beco. "Será mesmo verdade que o marechal Manuel Jorge mandou me prender? Não. Não creio. O velho não pode ser tão dissimulado. O Angelim, o Antônio, o padre Casimiro estavam então mais certos do que eu? Quando lhe passei o governo, o marechal me parecia a personificação da paz e homem que honra sua palavra de fidalgo da Casa Imperial, oficial da Imperial Ordem do Cruzeiro, comendador das Ordens de São Bento e Aviz, e da Rosa, Cavaleiro da Ordem da Torre Espada, marechal-de-Campo dos Exércitos Nacionais e Imperiais". Abstraído em suas cismas, Vinagre só se deu conta dos dois últimos vultos que, a cerca de 50 passos de onde estava, pularam para dentro de uma das embarcações acostadas. Apressou-se até lá. "Ora bolas, já passei aqui em frente quatro vezes e não vi que era o Patagônia, em letras tão grandes". Dispôs-se a subir para o barco. Antes que o fizesse, porém, ouviu vozes e percebeu movimentos bruscos. Reteve-se em terra: Escutou:

— Onde está ele?

— Não sei.

No silêncio do local o som do tapa e o gemido que se seguiram deram-lhe a senha do que estava acontecendo. O instinto de guerreiro rebelde aflorou-lhe à pele. Não pensou em proteger-se com os capuzes da noite. Ou escafeder-se enquanto havia tempo e espaço. Subiu no barco. Lavor, amarrado nos pulsos, sangrava pelas narinas. Vinagre deu a ordem inútil de quem até pouco fora o senhor todo-poderoso das situações:

— Parem!

E pararam. Mas veio, como eco, a contra-ordem:

— Prendam!

Cinco homens caíram sobre Vinagre, com socos e pontapés. Estatelado, peito pra cima, desamparado, à inteira mercê dos agressores, Vinagre suportou sobre o peito o coturno pesado do comandante Taylor, que se abaixou, agarrou-o pelos colarinhos, suspendeu-o à altura da própria cara, mirou-lhe a face esbofeteada e de repente o largou, empurrando-o contra os seus comandados. Vociferou:

— Amarrem! É o Vinagre!

Uma hora depois, no porão da corveta Defensora, mãos atadas, um junto do outro, disse Vinagre:

— Adeus, Cabânia.

Lavor respondeu:

— Cabânia agora. Mais do que nunca.

— Não entendo. — Retrucou Vinagre.

E Lavor:

— Garanto a você que Cabânia hoje é uma realidade,

no lugar mais bonito do mundo. Mas lhe garanto também que para os muito não escolhidos não será tão diferente desta desditosa Santa Maria de Belém do Grão-Pará. A este tempo, à falta de inspiração e o mínimo de criatividade, terão lá instituído a mesma falsa ordem a que sempre estiveram sujeitos. Haverá quem mande e se aproveite do mando. Haverá multidões espoliadas em sistema preconcebido para manutenção do privilégio de poucos. Foi sempre assim desde o começo e será assim até o fim da humanidade.

Vinagre encolheu as pernas e bateu os calcanhares com força sobre as tábuas do porão. Os ratos debandaram. Suava copiosamente. Reclamou da falta de ar. Reclamou de dores nos pulsos amarrados. Reclamou da escuridão absoluta. Deu com a cabeça nas falcas da corveta. Urinou-se. Gritou impropérios. Chorou em soluços. De Lavor não ouviu sequer um vagido. Envergonhou-se de seu desespero. Novamente os ratos. Enxotou-os. Aquietou-se. Passaram-se demorados minutos, em que esperou por uma palavra de Lavor. Ouvindo-lhe a expiração, julgou-o dormindo. Acorreu-lhe a cena descrita pelo apóstolo Lucas: "E aconteceu isto num daqueles dias, que entrou ele e os seus discípulos em uma barca, e lhes disse: Passemos à outra ribeira do lago. E eles partiram. E enquanto eles iam navegando, dormiu Jesus, e levantou-se uma tempestade de vento sobre o lago, e se enchiam de água, e perigavam. E chegando-se a ele o despertaram, dizendo: Mestre, nós perecemos. E ele, levantando-se, increpou ao vento, e a tempestade de água, e logo tudo cessou. E veio a bonança".

— Lavor! Lavor!

— Onde está a tua fé, Vinagre?

— Como podes dormir, Lavor?

— Não estava dormindo. Fui até Cabânia, passei pela Via da Meditação, estive em Onira. Lá não há dor. Nem sofrimento. Nem desespero.

XXXVI

Na modinha popular, o mesmo triste lugar da partida é alegre com gente chegando. Faltou dizer que o lugar de chegada só é alegre com gente esperando. Itaituba estava deserta e por isso era só tristeza. Mais do que tristeza, Itaituba era Berlim destruída.

— Olha só o que fizeram da vila! — Era o lamento de cada um.

Nem bem atracaram, em questão de minutos, o Cacique e o Mundurucus estavam vazios. Os ex-retirantes se atropelavam na pressa de encontrar, por entre os escombros, algum resquício dos parentes que haviam ficado. O incêndio, porém, pelo que se via de destroços e cinzas, fora devastador, avassalador, geral, total. Dias, semanas, dois meses se passaram de consternação, luto e desânimo. Ante a irreversibilidade do quadro, aos poucos a vila se reconstruiu. Do que havia ocorrido no tempo de ausência e do destino dos que haviam ficado nunca mais souberam.

XXXVII

Em atitude característica de sua índole indecisa e covarde, o comandante Castelo conspirou com a noite e fugiu em plena madrugada. Ao amanhecer, os retirantes da vila dos Tapajós ainda puderam ver ao longe, descendo o rio, as bandeirinhas de popa das embarcações retardatárias do comboio em retirada. Desiludidos, espalharam-se em grupos, indagando-se o que fazer. Algumas poucas famílias decidiram ficar em Ecuipiranga, levantaram barracas e construíram um forte, em madeira de lei, à espera de que um dia pudessem ir à forra. A grande maioria preferiu abrir na mata a picada da volta. Sete meses depois, a vila dos Tapajós entoava o mais contrito *te deum* à graça divina de tornar a ser.

XXXVIII

Foram sete noites e sete dias de velejar ininterrupto, da entrada do arquipélago até a primeira visão longínqua e azulada da sétima ilha. Como a noite chegasse, Pilin deu a ordem:

— Vamos encostar.

A ordem desagradou a todos, mas foi cumprida. O Palhaço baixou âncora próximo à praia da sexta ilha, denominada no mapa como Senhora da Conceição. Suzel repreendeu a Pilin:

— Viu o que fez?

— Estou bem consciente. Se o nosso palpite estiver certo, naquela ilha encontraremos Cabânia. Mas não tenho certeza se lá encontraremos nosso destino. Não sabemos o que nos espera. Nem sei se somos esperados. Não sei se terá valido a pena todo esse longo momento de busca. Você sabe que por mim tanto faz aqui como ali, a qualquer hora. Sinto-me responsável por todos. Como não sei o que vamos encontrar, manda a prudência que cheguemos de dia.

Ficamos neste lugar durante a noite. Amanheceremos em Cabânia. Se Deus quiser.

Sem argumentos, Suzel se afastou e foi consolar as frustrações. Mulato, Gito, Raiol, Tapioca e o Velho Aníbal deram razão ao comandante. Naquela noite ninguém dormiu. Mas desde cedo cada um se recolheu e viveu suas fantasias. Com a saída da lua, de vez em quando vinha um até a popa e alongava a vista sobre o dorso das águas querendo vislumbrar inutilmente a ilha distante. O Velho Aníbal remanejava suas plantas, preparando-as para desembarque. No tombadilho, deitada de costas, ao lado de Pilin,o vento ficando frio, o firmamento lhe penetrando os olhos e a alma, disse Suzel:

— Você não sente cheiro de patchuli no ar?

Pilin se manteve em silêncio. Depois respondeu:

— Sinto.

Momentos após, Pilin perguntou:

— Voce sente cheiro de jasmins?

Suzel fechou os olhos, tentando perceber.

— Não. Não sinto.

— Tente. Lembre-se do odor. Concentre-se.

Por mais esforço que fizesse, Suzel não percebeu mais qualquer odor. Indagou de Pilin:

— Continua sentindo?

— Agora sinto cheiro de rosas.

— Você está com deboche. — Reagiu Suzel.

— Não. Não estou. Durante esse tanto tempo, aprendi muita coisa. Aprendi a sonhar o que eu quiser. Aprendi a sofrer somente até o limite em que me dê prazer.

Eu sei sentir, como sei transferir-me para além das emocões. Eu sei falar, porque aprendi a ouvir. Eu sei amar, sem que me importe que alguém me ame. Eu sei dar, sem que me importe que receba. Eu sei conformar-me com tudo, porque aprendi a não ter nada. Nada mais natural, portanto, que eu possa sentir cheiro de rosas e jasmins, embora não existam provavelmente por aqui. Não estou debochando de você. Estou apenas tentando ensinar você a ser só.

Confundindo-se com cheiro de patchuli, percebia-se agora intenso cheiro de capim santo, cujas mudas o Velho Aníbal selecionava e Migo transportava do porão para o convés, prontas para plantio na nova terra. Mal se fez a aurora do dia seguinte, Pilin foi até Mulato:

— Vamos embora.

Quase que em ato conítinuo, o Palhaço zarpou. Até ele parecia apressado e ansioso por chegar. Acostumado a intempéries, deslizava fácil e célere em superfície espelhosa de águas mansas e macias. Navegava-se pelo rumo marcado na véspera. Madrugada, ainda meio noite, nada se via a distância. Como a expectativa incontrolável se instalara dentro de cada um, para cada um o tempo passou a medir-se pelos ponteiros da eternidade. Suzel andava de Mulato a Pilin, o que equivale a dizer de popa a proa. Em uma de suas andanças, explodiu com Pilin:

— Acorde. Por favor, acorde.

Pilin a olhou com ternura. Tocou-lhe o rosto com a mão. Apontou-lhe em frente, ao longe.

— Cabânia deve estar por trás daquelas brumas. Ali está a ilha.

Suzel descontraiu-se. Não saiu mais de junto de Pilin. Amanheceu. Esvaiu-se a neblina. A pouco e pouco se definiam os contornos de terra. Teve-se a princípio a idéia de uma enseada, depois mais uma e outra. Já mais de perto, deu pra distinguir: não se tratava de uma ilha, mas de várias ilhas. Pilin foi a Mulato:

— Vamos contornar.

Navegaram em torno das ilhas. Contaram sete ilhotas ao longo do traçado de uma circunferência. Indagou Mulato:

— E agora?

— Vamos investir por entre aquelas duas. Instruiu Pilin, apontando.

Em pleno canal, entre as duas ilhotas, a atenção se voltou para as águas, que já não mantinham a tonalidade escura, negra, característica do arquipélago. As águas estavam azul-marinho. E logo mais estavam azul do céu. De um lado e outro, praias, alvíssimas. De repente, adiante, distantemente azulada, emergindo de águas verdes, a visão terminal da fantasia, em versão de realidade. Cabânia haveria de ser ali, naquela ilha de dimensão continental, onde os picos das montanhas tentavam segurar rebanhos de nuvens. Espaço aberto, em plena baía interna, circundada de ilhotas as velas seguraram o vento e o Palhaço se autodeterminou no rumo certo, enquanto os tripulantes, até Pilin, se ajustavam à emoção. Descuidada, embevecida, abstraída, a tripulação, toda ela debruçada nos gradis, quase se vê projetada dentro d'água com o impacto do casco no vau. Recompostos do susto, os tripulantes riam ou choravam ou se davam as mãos ou se abraçavam ou gritavam expressões desconexas de alegria. Alguns se jogaram n'água e logo estavam na praia, agitando os braços. Pilin os deixava à vontade, cônscio de que, para momentos de explosão, não há comando possível. E todos desembarcaram. O Velho Aníbal, Suzel e Pilin desceram por último. A tarde andava pelo meio. Pilin chamou Mulato e passou-lhe o comando:

— Não deixe ninguém sair daqui. E afastou-se. Suzel tentou segui-lo. Ele fez sinal que ficasse. Andou ao longo da praia. Sumiu no próximo contorno da ilha. Quando voltou, já o sol se punha. Suzel correu-lhe ao encontro:

— E então?— Inquiriu.

— Encontrei algumas picadas. Não vi vivalma.

Juntando-se ao grupo:

— Acho melhor voltarem pro barco, enquanto vejo se encontro algum sinal de vida.

Tamanha, porém, era a convicção geral de que ali era o destino que ninguém se moveu. Pilin acedeu à expressão do silêncio:

— Está bem. Vamos todos.

Adentraram pela primeira picada. Pilin à frente, Suzel logo depois. Mulato de cerra-fila. À medida em que entravam na mata, a picada se alargava e alimentava a certeza de Cabânia. Logo veio a noite. Não pensaram em retornar. Contavam que, a qualquer instante, após a próxima volta, veriam algum sinal. E andaram. Andaram. Andaram muito. Pilin parou de súbito. Havia luzes adiante. Todos viram. Perceberam, porém, que a luminosidade era estranha, ora branca ora ligeiramente azulada. Seguiram, temerosos, vagarosamente. Na clareira que se abriu encontraram a origem das luzes Apenas um vasto campo cintilante de pirilampos. Ocorreu a idéia de que os vaga-lumes de todo o planeta vinham ali acasalar-se e reabastecer suas diminutas cargas de radiações eletro-magnéticas, para depois sair por aí fazendo estrelas na noite escura. Era bonito de ver. Postaram-se no encantamento, enquanto descansavam um pouco, refazendo-se das tensões. Pilin passeava a vista ao longo do campo em círculo, sem saber por onde prosseguir. Em qualquer ponto certamente encontraria o prosseguimento da trilha. E logo encontrou, que exatamente à sua frente, do outro lado do descampado, percebeu movimento. O vulto veio tão de manso que os pirilampos mal tentavam revoar. Movimentou-se de um lado para outro. Parou. Tomou das costas algum apetrecho, manteve-o suspenso por instantes, abaixou-o devagar, para a seguir lançá-lo ao chão e logo ajuntá-lo com extremo cuidado. Pilin fez sinal convocando os companheiros, e se dirigiu apressado, quase correndo, em direção ao vulto. Somente perto é que se convenceu de que não se tratava de miragem.

— Para trás. Me deixem.

Assim reagiu o Conselheiro Trovão, esquelético, barba até a cintura, braço direito erguido em defesa, a mão esquerda segurando firmemente de encontro ao peito o saco de serrapilheira cheio de vaga-lumes. Pilin levantou as mãos em gesto de paz. Suzel acalmou-o:

— Não queremos fazer-lhe mal.

O Conselheiro indagou, desconfiado:

— Quem são vocês?

— Estamos procurando Cabânia. — Esclareceu Pilin.

O velho descontraiu-se e manifestou contentamento em expressivo ahn! Baixou do peito o saco de vaga-lumes. Perguntou:

— O senhor é o Vinagre?

— Não. — Respondeu Pilin.

— Cadê o Lavor?

Suzel, agitada, tomou conta do diálogo, respondeu e, sobretudo indagou. Depois que o Patagônia partira, já fazia tanto tempo, ninguém voltara e ninguém chegara. De paraíso, Cabânia virara inferno. Seria melhor voltar dali mesmo, enquanto era tempo. O Conselheiro esgotou argumentos. O jeito nervoso e agitado de falar, porém, as frases entrecortadas de expressões ininteligíveis, sua própria figura, mista de demente e de profeta, ao invés de induzirem ao retorno, estimularam a ânsia de chegar.

— Leve-nos a Cabânia. — Pediu Pilin.

O Conselheiro abriu caminho no chão de pirilampos. Retomaram a trilha no matagal. Subiram. Desceram. Ultrapassavam córregos. Equilibraram-se sobre troncos feitos pontes sobre igarapés. Saiu a lua, já plena madrugada. Depararam-se com imensa calha, suspensa sobre grossas forquilhas.

— O que é isto? — Indagou Pilin

— É o que resta de bom. Água límpida para Cabânia. — Explicou o Conselheiro.

Caminharam ao longo da calha. O Conselheiro parou

bruscamente:

— Ali. — Indicou.

De mais além da vegetação rarefeita, viam-se reflexos de luz, ouviam-se sons de atabaque. Envolvidos pela expectativa e pela incontida curiosidade, atropelaram-se uns sobre os outros. Satisfeitos, predispuseram-se para a chegada.

— Cadê o Conselheiro? — Alarmou-se Pilin.

Ninguém deu notícia. O Conselheiro sumira, tão surpreendentemente como aparecera. Pilin esforçou-se para evitar que a decepção não lhe alterasse a face. Mesmo contando para tanto com a conspiração das sombras, não pôde impedir a delação das réstias de luz do luar. Suzel e o Velho Aníbal bem próximos, a metro e meio de distância, perceberam-lhe o desânimo. Não precisaram dizer nada. Pilin entendeu a indagação dos olhos. E respondeu para todos:

— Vamos descansar um pouco.

Realmente cansados e famintos, todos se aquietaram sentando-se, encostando-se, deitando-se alguns até, uns colados aos outros, oprimidos pelo silêncio da mata, tão total e tão absoluto, que nem o toró irreverente ousava atritar seus paus ocos para meter medo. Pilin relembrou cada uma das palavras do Conselheiro. "Ele disse que Cabânia, de paraíso virou inferno, que é melhor voltar daqui enquanto é tempo, que esta calha é o que resta de bom. Que é que de tão ruim haveríamos de encontrar? Ele pareceu aterrorizado quando o surpreendemos. Quando esclareci que estávamos chegando, ou seja, que não éramos de Cabânia, ele se descontraiu. Cabânia à vista, bem ali, ele se aproveita da desatenção e some. Que é que eu faço, Deus do céu? Este pessoal veio iludido. De tão longe. Veio atrás do paraíso. Vai encontrar o inferno. Atrás dos parentes. E não chegou ninguém. Se ao menos tivessem capacidade para encontrar um novo mundo dentro de si mesmos. Quantos aqui poderiam alcançar Onira, viajando dentro de si mesmos até encontrá-la do jeito que idealizassem? Quem sabe o Conselheiro já não a encontrou e, tendo-a encontrado, vê no mundo real, com suas misérias normais, a configuração do inferno? O Conselheiro caça pirilampos. Quem o faria em estado de convencional normalidade?". Pilin se deu conta de que todos os companheiros dormiam, menos o Velho Aníbal que nunca dormia.

— Que é que você acha, doutor?

Aníbal não titubeou:

— Vamos até o fim.

Logo mais amanhecia. Retomaram a caminhada.

XXXIX

Cabânia estava dividida em duas partes, separadas por imenso fosso, de cerca de vinte metros de profundidade e dez de largura. Ao mesmo tempo em que o fosso servia de fronteira entre os poderes instalados, servia também de cemitério para suas vítimas. De um lado e de outro o clima era o mesmo: medo durante o dia, pavor durante a noite. Quem amanhecia não sabia se anoitecia, quem anoitecia não sabia se amanhecia. De nada valia a beleza exuberante do lugar, que não se tinha olhos para vê-la. O regime de escravatura tivera início antes da cisão, quando o grupo dominante instituíra a moeda, que chamaram de cuiabá, cunhada em plaquetas retangulares de angelim. A cada cuiabá correspondia uma ração balanceada de arroz, feijão e farinha de mandioca, suficiente à satisfação de um homem. À medida em que aumentava o número dos que conseguiam integrar-se à cúpula de comando, diminuía conseqüentemente a produção dos campos. E a ração diminuía. E diminuiu tanto que a sonegação se tornou uma necessidade de sobrevivência. Veio a repressão violenta do governo, a resistência, a luta, a cisão, a instalação de dois governos, a escavação do fosso de fronteira. Cabânia-Norte suprimiu a moeda e o regime, retomando as origens, mas logo se deu conta de sua sentença de extinção: nas negociações de súditos, não ficara com nenhuma mulher. As poucas mulheres ficaram todas na jurisdição de Cabânia-Sul, que manteve a moeda, os privilégios, as mordomias e o regime escravo. Aconteceu a primeira escaramuça, que redundou na morte de vinte homens de Cabânia-Norte e dez de Cabânia-Sul. Com tantos cadáveres em uma só noite, o fosso demarcatório transformou-se em vala comum dos desgraçados. E Cabânia-Norte continuou sem nenhuma mulher. Em Cabânia-Sul as mulheres foram confinadas, guardadas dia e noite, submetidas à satisfação do caudilho e seus áulicos, sem pausas de fecundação. Grassou a sodomia desenfreada em ambas as Cabânias, mais acentuadamente na Cabânia-Norte, onde o caudilho se acasalara com dois mancebos. A vida humana tinha o mesmo valor do animal nocivo. Matava-se até pela resposta demorada ou pelo gesto dúbio ou pelo simples talvez. Pilin e seus companheiros entraram em Cabânia ao cair da noite. Chegaram pelo lado sul. De um lado e outro, os cabanos os miravam surpresos, sem qualquer manifestação. Suzel levantou os braços e acenou-lhes. Eles se movimentaram. Gritaram. Gesticulavam. Pulavam. Os de Cabânia-Norte vieram até a beira do fosso. Os de Cabânia-Sul os ameaçavam com porretes. Trocaram insultos. Atento, Pilin percebeu o perigo. Lembrou-se do Conselheiro. Suzel, empolgada com o calor da recepção, ensaiou deslocar-se. Pilin a deteve. Chamou o preto Tapioca:

— Lembra-se de como tomamos o "Palhaço"?

Tapioca reuniu os leprosos. Retiraram as blusas. Expuseram as chagas. Caminharam em direção aos cabanos. Tapioca se adiantou. Abriu os braços. Disse pra todos ouvirem:

— Somos amigos. Viemos de longe.

Cessou o tumulto. Tapioca repetiu as mesmas palavras. Do meio dos cabanos alguém gritou:

— Leprosos. São leprosos.

Maior foi, então, o tumulto, e grande a correria. De repente era como se as duas Cabânias estivessem desertas, ou como se, na longínqua Belém, houvesse cessado o ruído das metralhas. O Velho Aníbal alertou: "Eles vão voltar". Pilin pensou alto: "Não compreendo por que no mapa chamaram esta ilha de Onira". Conferenciou com Aníbal e Mulato. Determinou a seguir que retornassem ao "Palhaço" em ritmo acelerado, sem parar. Ficaria ali, com três voluntários, para reter os cabanos, depois iria, mas que levantassem âncora, se não chegasse até o amanhecer. Suzel questionou: "Ou vamos todos logo ou não vai ninguém". Pilin reagiu decisivo:

"Não há tempo a perder, é preciso ir, agora". Mulato assumiu o comando, conduzindo Suzel pelo braço, induzindo os demais. Com Pilin ficaram Tapioca e mais dois leprosos.

XL

Os cabanos não demoraram. Lá vinham eles, grunhindo e rosnando, com tochas acesas e porretes nas mãos. Pilin pôs-se à frente dos leprosos. Tapioca o ultrapassou, impondo-lhe: "Fique atrás de nós". Confiantes na força de repulsa de suas chagas, os três leprosos deram-se as mãos e caminharam resolutos. Os cabanos pararam. Levantavam e baixavam as tochas, procurando avaliar o contingente adversário. A vinte passadas de distância, totalmente envoltos pela luminosidade das tochas, os corpos bem à mostra, Tapioca e os companheiros pararam. Duas passadas em frente. Os cabanos não recuaram. Mais um passo. Os cabanos não arredaram pé. Pilin instruiu: "Vamos recuar devagar, de costas, pro lado da mata; eles querem jogar-nos no fosso". E foram recuando. Atingiram o aceiro da mata. Nesse instante, os cabanos, agitando as tochas, se precipitaram em alaridos. Pilin gritou: "Pro mato". Correram. Uma tocha de luz esverdeada interceptou-lhes a fuga. Ouviram: "Depressa, por aqui!".

O Conselheiro Trovão, muito ágil, sinalizando o rumo com sua lanterna de taboca e pirilampos, levou-os para a Via da Meditação. Refeitos do susto e da surpresa, disse-lhes o Conselheiro: "Estão a salvo. Aqui eles não vêm". Indagou sobre os outros. Soube que estavam a caminho do barco. Sentenciou: "Não chegarão até lá". Pilin agitou-se. O Conselheiro acalmou-o: "Fiquem aqui, não saiam". Pilin quis indagar, mas o Conselheiro já subia os degraus de acesso ao solo. Só com os companheiros, Pilin expressou-lhes toda a sua angústia pelo destino dos outros. Tapioca rebateu: "O Conselheiro acabará trazendo todos por algum atalho que só ele conhece". Pilin concordou. Consolou-se. Recriminou-se intimamente pela pouca fé. Sentou-se no chão frio. Fechou os olhos. Retomou o comando de suas forças interiores. Até então julgava encontrar-se em um mero imenso buraco. Lembrou-se que o Conselheiro falara: "Vamos, depressa para a Via da Meditação". Abriu os olhos. Olhou à direita. Levantou-se. Deu-se conta de que o buraco era apenas o átrio da via subterrânea que dali se abria. Entrou. Fascinou-se. A abóbada, as paredes e o chão da Via cintilavam. Como abajures, das raízes expostas pendiam pequenas lanternas de taboca, pedras fluorescentes e pirilampos. No chão, de cada lado da Via, encravadas ao longo da linha de encontro com as paredes, outras centenas de lanternas. Entrelaçamento de raízes. Projeção de pedras. Musgos. Pio de aves notívagas. Corrente de ar frio. Farfalho de folhas secas. Sensação de abandono, solidão, arrependimento, frustrações, perda, tristeza, saudade, revolta, inconformismo, desejos, aspirações. A cada passo da Via uma sensação diferente. Pilin nem percebeu que, a alguns passos atrás, caminhavam todos os companheiros da longa viagem. Ao fim da Via já era manhã. Devia ter chovido lá fora. Ou, pelo menos, orvalhara intensamente. Dos musgos dispostos em bordadura à saída da Via, pingavam gotículas, em que a luz do sol levante se desfiava em vermelho, alaranjado, amarelo, verde, azul e roxo até o chão. Pilin parou precisamente sob o arco espectral de saída. Os que se encontravam mais próximos dele ouviram-no dizer: "Aqui é Onira". Subiu os degraus tão lentamente que os pés descalços pareciam nem tocarem o solo. Aspirou o aroma que impregnava o ar vindo de fora. À saída, no solo, abria-se larga e extensa passadeira de relvas multicoloridas, ladeadas de eucaliptos dispostos em perspectivas. No ponto-de-fuga das perspectivas, lá onde as paralelas pareciam encontrar-se, braços e mãos se agitavam. Logo chegava, em ecos, o alarido da alegria. Pilin se pôs de lado e deu passagem aos companheiros. Após instantes de indecisão, a corrida do encontro foi inevitável. Pelo lado de quem vinha, corriam na frente Vinagre e Lavor. Pelo lado de quem ia, Suzel era a primeira. Para reduzir o tempo, os braços se elasteciam, começando as mãos a entrelaçar-se. Vinagre envolveu Suzel com efusão. Beijaram-se como amantes na reconciliação. Reintegraram-se todas as famílias. O Velho Aníbal, carregado de plantas, desapareceu por entre os eucaliptos, acompanhado do Conselheiro Trovão, à procura de um bom lugar para estabelecer sua flora. Quando veio a noite, a alameda de eucaliptos se iluminou em pirilampos. E lá vinham todos por ela, em séquito silencioso, passos lentos, pisando no ar, com a determinação de resgatar para o seu meio aqueles que, solitários na vida, não tinham ninguém a esperar. Essa era a Cabânia que procuravam. A mente de cada um estava plena de amor e aceitação de seu semelhante do jeito que era, por fora e por dentro. Tudo o mais aconteceria por decorrência da mesma fonte de isonomia. Nesse estado de alma, o lugar nem importaria, posto que fosse belo. Nem comandantes nem comandados. Nem sistemas de governo. Nem riqueza nem miséria. Nem opressores e nem oprimidos. Nem leis e nem juízes. Pilin ouviu, vinda de muito longe, a voz desesperada de Suzel. Deu-se conta de que ela estava bem junto, nervosa e angustiada, repetindo a mesma indagação:

— Você não vem?

— Para onde?

— O velho vai levar-nos para o Palhaço.

Pilin cerrou os olhos. Suzel desesperou-se. Gritou, descontrolada:

— Já é noite. Vamos embora.

Pilin abriu os olhos e respondeu:

— Agora que encontrei Onira não sei se devo ir.

Posfácio

NAÇÃO E DESCONTINUIDADE CULTURAL*

Por Dedival Brandão da Silva

> Meu nome é Suzel. Eu e meus sete companheiros formamos uma pequena legião de voluntários, dispostos a ajudar o Governador da Província do Pará, o chefe supremo do movimento cabano, tenente-de-guardas-nacionais Francisco Pedro Vinagre, a realizar a corajosa empreitada de reunir toda a população da região mais farta, mais rica, mais salubre e mais exuberante da província. Uma nova capital está sendo construída e deve ser chamada de Cabânia. Em volta de Cabânia serão cultivados os campos agrícolas e pastoris. Quem quiser viver na agricultura, viverá na agricultura, quem quiser viver na pesca viverá na pesca, quem quiser viver na criação de animais, viverá na criação de animais. A região para onde devemos ir oferece tudo quanto possamos querer para vivermos sadios, bem alimentados e felizes. E estaremos juntos, unidos e fortes, como uma grande família ou uma pequena nação, de modo a que sejamos respeitados quando a Província imensa se tornar pequena para abrigar as levas de imigrantes vindas do Sol Nascente. Enquanto é tempo, temos que escolher e ficar com o melhor. Viver nestas paragens, a milhares de quilômetros do governo, é o mesmo que não ter governo. (*Invenção de Onira*, p.9-10)

A construção discursiva da nação como artifício cultural, no texto de Sant'Ana Pereira, assume, inicialmente, uma estratégia retórica na qual a Cabanagem é simbolizada por meio de imagens da perda, da ruína e do dilaceramento. Tais imagens, ao revelarem o sentido negativo do processo histórico, conduzem-no para sua substituição na narrativa em prol da emergência do mito salvacionista.

Ao descrever o ataque de um grupo de cabanos à Vila de Vigia, o narrador revela a primeira figuração daquele sentido da Cabanagem. No ataque perpetrado pelas personagens Portilho, Roque e Bonifácio, inúmeras pessoas foram mortas, entre as quais Pedro Antônio Raiol, pai de Domingos Antônio Raiol, futuro Barão de Guajará. Aqueles que tentam escapar são trucidados, suas casas são invadidas, as mulheres e moças são violentadas. Na fuga, fica apenas o rastro do saque: "Ponta a ponta, as tortuosas e estreitas ruas da vila de Vigia era um tabuleiro só de cadáveres mutilados". (p.49)

O significado da repulsa à Cabanagem é expresso através da excomunhão de Portilho pelo vigário Padre Bentes, ao ministrar o último sacramento aos mortos:

> Esta é a tal Cabanagem? Estais vendo o que fizestes? Assassinatos, perversidades, roubo, desolação!
> Portilho só soube dizer:
> – Quando a maré subir, iremos embora, seu vigário.
> E o padre Bentes:
> – Que a vossa consciência não vos dê paz nem sossego por toda a vossa vida. (p.50)

Isto é, enquanto ritual de violência popular, a Cabanagem apresenta-se como a reprodução de uma tradição – aqui entendida como um conjunto de valores que certa concepção histórica consagrou através do tempo – segundo a qual a imagem do cabano é a do inimigo da nação.

A negação da Cabanagem é revelada, também, através de uma perspectiva metonímica na qual o narrador procura justificar a fragilidade e a incapacidade da personagem Francisco Pedro Vinagre ao lidar com o processo histórico do movimento social cabano e fazer as mediações necessárias para atender às reivindicações dos rebeldes. Tais comportamentos explicariam e justificariam a impossibilidade de possível transformação histórica, uma vez que esta não se constituiria numa experiência criativa capaz de revelar outras realidades:

"Viver nestas paragens, a milhares de quilômetros do governo, é o mesmo que não ter governo" (p.10). Ou seja, a imagem sugerida corresponde à constatação da situação de abandono em que vivia a província diante do governo imperial. Dessa forma, instaura-se na narrativa um conjunto de situações em que as personagens invocam esse sentido de perecimento: a negação do território – um elemento básico na construção de qualquer processo identitário –, a impotência do movimento rebelde em manter-se no poder, daí a ênfase em deixar para trás tudo o que represente os valores de um antigo "sistema de coisas", a interrupção do "protesto" realizado, causador de massacres humanos e desgraça social, como a única maneira de salvar a população dos sacrifícios inúteis e da violência do poder estabelecido. A fala da personagem Francisco Pedro Vinagre é conclusiva:

> Não dispomos de armas, nem de gente para enfrentar a Regência. Temos um imenso território, vamos embora daqui com todos aqueles que querem ir, fundaremos Cabânia, criaremos um novo mundo, adotaremos uma nova forma de governar. (p.119)

Um segundo elemento presente na estrutura narrativa é a tensão estabelecida pelo narrador entre o documental e o ficcional, isto é, entre as cenas que permanecem fiéis à realidade comprovada pelas fontes historiográficas (nomes das personagens, lugares, os episódios e as peripécias envolvendo os presidentes cabanos e os conflitos entre estes e os representantes do poder imperial), e aquelas que são construídas pela ficção.

Pode-se perceber, de um lado, em que medida o discurso ficcional tende a representar aqueles acontecimentos históricos, procurando se aproximar do real, ratificando-o, e de outro, como as cenas tendem a revelar possíveis manipulações e acréscimos num trabalho de redescrição, na acepção que lhe atribui Hayden White (in: *Trópicos do discurso: ensaios sobre a crítica da cultura,* p.115, São Paulo, Edusp, 1994), ou seja, de uma recodificação da estrutura narrativa.

No último caso, aquela possibilidade de manipulação é materializada nas cenas cotidianas, nas idiossincrasias, hesitações e ambigüidades vividas pela personagem Francisco Pedro Vinagre, em que é importante perceber *como* as coisas acontecem e não apenas o que aconteceu.

O monólogo da personagem nas dependências do palácio, de madrugada, as seqüências da redação da declaração do governo ao povo, após sucessivas correções e ajustes para eliminar de vez a "pecha de traição" de que era acusada, e que tanto a incomodava, denunciam aqueles aspectos cotidianos e idiossincráticos.

De igual forma, os diálogos com o jornalista Lavor Papagaio, em que fica caracterizada a instabilidade e a incerteza da personagem Francisco Pedro Vinagre diante dos acontecimentos ("Da última vez, estavas disposto a passar o governo pro Angelim. Agora vais entregá-lo ao patrício do Malhado, tão português quanto ele." (p.181) dão a tônica àquele cotidiano intimista vivido pela personagem e que o discurso historiográfico não contemplou.

Dessa maneira, a combinatória daqueles elementos

encapsula-se no que denomino aqui de *lógica da desistência*, o sentido de renúncia que a personagem assume durante a sua experiência com o conjunto de tragédias que, segundo ela, a história lhe permite vislumbrar. O sentimento de renúncia pode ser melhor apreendido no seguinte fragmento:

> Mas ao emissário da Regência entrego mesmo e vou embora, volto para de onde vim, reintegro-me à natureza, que já estou cheio de tudo isto, gastando inutilmente a força de meus vinte e poucos anos, politicagem besta, insinceridades, traições, jogo de interesses, ... vou embora sim, senhor, quem sabe Cabânia do Lavor não substituirá tudo o que perdi pra sempre quando embarquei estupidamente nessa canoa furada do Malcher ... (p. 99).

O sentido dessa inutilidade ganha força quando, na qualidade de cidadão e homem comum, vê-se caminhando sozinho, à-toa, pelas ruas e travessas da cidade, em cuja situação "deu-se conta da própria insignificância", dos rumores sobre sua pessoa, do seu governo e do atual, bem como da constatação de que o povo sabe o que acontece ao seu redor.

O ponto culminante da lógica da desistência e de todo o seu simbolismo está no fragmento que retrata a prisão das personagens Francisco Pedro Vinagre e Lavor Papagaio, quando se preparavam para a viagem à Cabânia:

> Vinagre encolheu as pernas e bateu os calcanhares com força sobre as tábuas do porão. Os ratos debandaram. Suava copiosamente. Reclamou da falta de ar. Reclamou de dores nos pulsos amarrados. Reclamou da escuridão absoluta. Deu com a cabeça nas falcas da corveta. Urinou-se. Gritou impropérios. Chorou em soluços. De Lavor não ouviu sequer um vagido. Envergonhou-se de seu desespero. Novamente os ratos. Enxotou-os. Aquietou-se. Passaram-se demorados

> minutos, em que esperou por uma palavra de Lavor. Ouvindo-lhe a expiração, julgou-se dormindo. Acorreu-lhe a cena descrita pelo apóstolo Lucas: 'E aconteceu isto num daqueles dias, que entrou ele e os seus discípulos em uma barca, e lhes disse: Passemos à outra ribeira do lago. E eles partiram. E enquanto eles iam navegando, dormiu Jesus, e levantou-se uma tempestade de vento sobre o lago, e se enchiam de água, e perigavam. E chegando-se a ele o despertaram, dizendo: Mestre, nós perecemos. E ele, levantando-se, increpou ao vento, e a tempestade de água, e logo tudo cessou. E veio a bonança'.
> – Lavor! Lavor!
> – Onde está a tua fé, Vinagre?
> – Como podes dormir, Lavor?
> – Não estava dormindo. Fui até Cabânia, passei pela via das Meditações, estive em Onira. Lá não há dor. Nem sofrimento. Nem desespero. (p.218-219)

A verossimilhança encontrada na cena, para além do documental, revela que o abandono, os enfrentamentos, as incertezas e ambigüidades vividos pela personagem Pedro Vinagre são consubstanciados em um único referente: aquele que, efetivamente, confirma ter sido a Cabanagem o lugar social onde foram lançadas e investidas todas as suas esperanças e frustrações. A sua prisão revela, nos planos real e simbólico, não o cerceamento à liberdade de um indivíduo indefeso, vítima da imposição e domínio, e sim o aprisionamento e humilhação de toda uma sociedade que, tendo as suas aspirações malogradas, tenta encontrar outra forma de salvação e de felicidade. Para isso, é necessário, entretanto, juntar os cacos da nação esfacelada e encontrar uma forma de narrativa possível.

A narrativa encontrada é fornecida através do mito. Considero essa forma narrativa como a arte de experimentar um determinado acontecimento reconhecido pela tradição, cujo produto se caracteriza não pelo seu aspecto falso ou verdadeiro e sim pela sua eficácia simbólica, isto é, a "capacidade de envolver indivíduos e grupos de uma forma totalizante" (VELHO, Gilberto. *Projeto e Metamorfose*: antropologia das sociedades complexas. Rio de Janeiro: Zahar, 2003, p.52).

A propósito, Fernando Ainsa (La marcha sin fin em la América Latina. In: *La reconstrucción de la utopia*. México: Coreo de la UNESCO, 1999, p.118), ao situar historicamente a idéia da construção da utopia na América latina, estabelece a diferença entre mito e utopia. Destaca entre outros aspectos o fato de que o mito apresenta um caráter coletivo associado às crenças nas sociedades arcaicas, assumindo funções simbólicas e alegóricas, cuja polivalência o faz estabelecer uma interdependência com a sociedade da qual provém, reforçando a ordem estabelecida. A utopia é produto de uma criação individual, supõe a crítica à ordem existente, tendo como finalidade o questionamento através do projeto alternativo que propõe. Entretanto, ao estabelecer como atributo da utopia a execução de um plano totalizante e integral de modificação da sociedade, creio residir aí uma semelhança da utopia com o mito, haja vista que este último, em vez de assumir apenas a identidade de "autoridade de um fato natural" (DETIENNE, Marcel. Era uma vez. In: *A invenção da mitologia*. Rio de Janeiro: José Olimpio; Brasília, DF: Editora UNB, 1992, p.52), carrega consigo a possibilidade de, ao ser experimentado a exemplo da utopia, possibilitar a construção de novas realidades.

Essa concepção de utopia como recriação da realidade vem de encontro a uma tradição do pensamento utópico, oriunda desde a tradição clássica, passando pelo Renascimento e desembocando no Iluminismo francês. De acordo com essa tradição, o seu pressuposto básico é de que a natureza humana é estática e imutável, uma vez que, "existem verdades universais, válidas para todos os homens, em todos os lugares, em todas as épocas, e que essas verdades são expressas por leis universais". (BERLIN, Isaiah. *Limites da utopia*: capítulos das histórias das idéias. São Paulo: Companhia das Letras, 1991, p.37).

Para efeito de minha análise, identifico a narrativa mítico-utópica em questão com o restauro da chamada idade do ouro, o estado perfeito havido num tempo remoto e que, com a sua destruição, deixou de ser realidade. Denomino essa tentativa de recomposição e busca da sociedade perfeita de mito utópico-salvacionista.

José Ubiratan Rosário, escrevendo sobre o messianismo, observa o caráter universal do mito messiânico, bem como a sua identificação com o fenômeno da nação, pois, "Desde a Independência tem sido o salvacionismo o nosso mito, o nosso arquétipo" (in: *Cultura Brasileira*: estudos e roteiros de aula. Belém: Gráfica Editora Universitária da UFPA 1989, p.18). Segundo ele, o messianismo é resultado do apelo do inconsciente coletivo, sintonizado com o espírito de cada época, e a despeito de sua universalidade, assume em cada cultura aspectos particulares metamorfoseando-se no que denominou de "salvacionismo brasileiro", uma espécie de messianismo difuso e caboclo. Assim, o salvacionismo brasileiro, nascendo das agonias coletivas, corresponde a uma situação cultural, alimentando sempre uma constante idéia salvadora ou encarnando, essa idéia, quem, no caso, venha a simbolizar uma espécie de *o esperado* ou cavaleiro da esperança

... reclama e anuncia, como todo messianismo, *a felicidade geral* (da nação) ... como (pre) visão de mundo de um povo caminhando em busca de seu destino. (ROSÁRIO, *op. cit.* p. 86-88. Grifos no original).

Dessa maneira, levando em conta minha hipótese interpretativa neste capítulo – que consiste em demonstrar o mitoutopia como instância de transformação do processo histórico – tentarei responder à seguinte questão: Quais os atributos contidos no mito salvacionista que, ao serem exteriorizados no romance *Cabanos Capital Cabânia* (*), são capazes de fornecer mudança social na construção do indivíduo, da comunidade, da nação enquanto forma narrativa?

Tenho demonstrado neste estudo que um dos aspectos fundamentais da teoria da cultura reside no fato de que, na dinâmica sociocultural, as relações sociais caracterizam-se pela sua não-linearidade, conferindo à realidade social a possibilidade de ela ser permanentemente reinventada.

Em importante trabalho que reflete essa preocupação, Gilberto Velho analisa vários aspectos da sociedade brasileira. Utilizando-se de instrumentos teóricos tais como as noções de "campo de possibilidades", "projeto" e "metamorfose", demonstra a importância destes para a compreensão das mudanças dos mapas socioculturais das sociedades complexas, visando, com isso, a "escapar de falsos problemas ditados por uma visão linear da experiência sociocultural" (VELHO. *Individualismo e Cultura*: notas para uma Antropologia da sociedade contemporânea. Rio de Janeiro: Zahar, 2003, p. 29), além de possibilitar a mudança individual. Dessa forma,

---

(*) Este ensaio foi escrito a partir de leitura da 2ª edição do romance, que ora retoma o seu primitivo título: *Invenção de Onira* (N. do Ed.)

caracterizo inicialmente na performance textual de Sant'Ana Pereira, o mito utópico-salvacionista. Em seguida, analiso o sentido da noção de viagem como instância de celebração do mito em questão. Finalmente, detenho-me na análise da noção de viagem em seu sentido intrínseco e extrínseco, identificando as particularidades simbólicas ali existentes. Busca-se assim possibilitar maior visibilidade sobre a construção social da realidade e a transformação do mito utópico-salvacionista em um poderoso motor da história, bem como perceber a tarefa do intelectual como mediador simbólico entre mundos sociais diferenciados.

Quando os atos cotidianos dizem a nação

Em relação às propriedades do mito utópico-salvacionista, a fabricação da utopia de lugar, em *Cabanos Capital Cabânia*, apresenta como particularidade a tentativa de recuperar a idade do ouro: um tempo passado no qual havia um estado de perfeição, porém este, uma vez rompido, precisa ser recomposto, trazendo de volta a harmonia social, como teria ocorrido no princípio dos tempos.

Embora, inicialmente, especule-se que aquela ação esteja voltada unicamente ao passado, ela apresenta um movimento também em direção ao futuro, indicando que a busca do estado de perfeição humana através de uma "solução final" aos problemas existenciais do homem, só deve ocorrer com o seu salvamento, melhorando-o, através de uma das possibilidades encontradas, tais como "promover uma espécie de equilíbrio, necessariamente instável, entre as diferentes aspirações de diferentes grupos de seres humanos." (BERLIN, Isaiah. *Limites da utopia*: capítulos das histórias das idéias. São Paulo: Companhia das Letras, 1991, p.50).

A segunda particularidade revelada é a tensão entre, de um lado, uma visão cristalizada da percepção de mundo, que estabelece a existência de valores universais e únicos, bem como a crença em um mundo eterno e imutável no porvir. De outro, revela a dimensão relativizadora do mito-utópico à medida que ele se converte em uma instância eficaz de transformação da realidade, como por exemplo, a idéia de substituição da cidade pelo campo, o deslocamento de uma uniformidade totalizadora para ações que estimulem o princípio das diversidades e das diferenças: "Quem quiser viver na agricultura, viverá na agricultura, ... quem quiser viver na criação de animais, viverá na criação de animais" (p. 10). Nesse sentido, a crença tanto na restauração do Éden perdido quanto no fato de que é impossível o homem viver sem liberdade e opinião, permite a construção da "grande retirada", cujo simbolismo não deve ser tomado como simples fuga da realidade vivida, e sim como o início de uma ação heróica presente na narrativa de Sant'Ana Pereira, com vistas a se chegar à "terra da promissão":

> Para chegar lá é preciso abandonar o que para outros, talvez, é a felicidade mesma; há que renunciar a tudo aquilo que herdamos e que nos foi dado. Não se pode ser cidadão dos dois mundos ao mesmo tempo. A conquista do mundo novo é ao mesmo tempo o abandono do velho. Com toda certeza isto é uma fuga ... Contudo, ... a fuga é uma *proclamação de luta*, e pode ser mesmo a única proclamação possível. (SZACHI, Jerzy. *As utopias ou a felicidade imaginada*. Rio de Janeiro: Paz e Terra, 1972. p.45. Grifos meus).

A ação heróica presente na fabricação do mito-utópico não está relacionada somente à insatisfação e ao desprendimento de seus idealizadores, e sim à crença de que esse enfrentamento de valores será mediado por novas fronteiras culturais responsáveis por possíveis mudanças em busca da transformação do homem enquanto sujeito psicológico – primeiro sinal da possibilidade de uma negociação da realidade.

Desse modo, a noção de viagem, como textualidade em *Cabanos Capital Cabânia*, assume um sentido sociológico crucial. Ela se constitui numa espécie de encenação real e simbólica do mito. Empiricamente, consiste na ação concreta através da qual é possível deslocar os indivíduos, separando-os do "mundo velho" em relação ao "mundo novo", e, com isso, entrever desde logo possibilidades de intermediações entre diversos horizontes que se cruzam. Simbolicamente, a viagem enuncia a exteriorização do mito-utópico tratado, pois é por meio dela que se efetiva sua experimentação e atualização.

Uma vez apreendida como celebração do mito utópico-salvacionista, a manifestação deste se opera sob a forma do ritual. Nesse sentido, é necessário esclarecer essa categoria social. Entendo a idéia de rito como uma prática social especial e ambígua, porém crítica da vida social, ao revelar valores profundos da condição humana. Sua ocorrência universal, desde o nascimento dos indivíduos até a sua morte, permite atribuir-se à vida social uma dimensão permanentemente ritualizada: "fazemos rito quando amamos e fuzilamos". (DAMATTA, Roberto. Introdução. In: VAN GENNEP, A. *Os ritos de passagem*. Petrópolis. Vozes, 1978, p. 11).

É possível argumentar, ainda, seguindo os rastros de Clifford Geertz em sua análise da sociedade balinesa, que o rito nada mais é do que "uma história sobre eles que eles contam a si mesmos" (GEERTZ, Clifford. *A interpretação das culturas*. Rio de Janeiro. Zahar, 1978, p. 316). Sendo uma narrativa que o grupo conta para si e para os outros, esse texto não está escrito, mas apenas implícito. Há apenas a existência do drama, porém, não a do texto. Daí o rito poder ser considerado, também, como uma linguagem. Ao assumir esse atributo, ele precisa ser lido e interpretado em suas diferentes formas e estoques simbólicos, cujo processo de reformulação é a marca da sua contemporaneidade. Portanto, uma vez que o rito constitui-se na práxis do mito, ao *narrar* a história deste, sob a forma da viagem como alegoria da salvação, o rito revela-se como indispensável à manifestação do mito em toda a sua plenitude.

Outra estratégia retórica utilizada é a dimensão de viagem em seu sentido intrínseco, aquele em que ela se volta para o interior da sociedade, tendendo a revelar, segundo o narrador, que somente os indivíduos saudáveis e recuperáveis estão aptos a participar dela: "Se vamos construir um mundo novo ... pra que carregar a velhice e a doença insanável?" (p.29).

A partir dessa perspectiva é possível especular que as idéias de doença e de enfermidade, ou de imperfeição física, estão diretamente associadas à noção de impureza, de sujeira e que por isso, os que assim se apresentam, estão interditados ou inaptos à prática de purificação ritual:

> Como se sabe, a sujeira é, essencialmente, desordem ... A sujeira ofende a ordem. Eliminá-la não é um movimento negativo, mas um esforço positivo para organizar o ambiente. (DOUGLAS, Mary. Introdução e as Abominações do Levítico. In: *Pureza e perigo*. São Paulo: Perspectiva, 1976, p. 12).

A imperfeição física, embora sendo elemento de

impureza ritual, é possível de ser corrigida, uma vez que os indivíduos estigmatizados, presentes na narrativa, podem adquirir a perfeição individual. Com suas novas qualidades estariam compatíveis com a nova experiência que buscavam: o lugar da sociedade perfeita.

Esse fato é significativo e revela já o campo das possibilidades sendo acionado. Por isso, Pilin inicia a manifestação de sua consolidação no romance como intelectual protagonista, na cena que culminou com a tomada do navio "Palhaço", a expulsão da tripulação, inclusive de Portilho e seus auxiliares, e a conseqüente inclusão social de todos os doentes ao navio. Com a ação, a personagem não apenas se fortalece como líder e mediador cultural, como concede um significado importante à idéia de viagem enquanto potencial de regeneração, ou seja, de que é possível aperfeiçoar a condição humana: "para um mundo novo também irão os velhos e os doentes, parte inseparável da família e da humanidade" (p. 41). Além disso, a expulsão de Portilho – a encarnação de Lúcifer – do comando da viagem à Cabânia tornou-se símbolo da denegação definitiva da Cabanagem como emblema de um mundo velho e corroído, marcado por sofrimentos, perversidades e sujeições, e que portanto precisava ser esquecido.

Finalmente, a ação da personagem Pilin, reveste-se de um profundo humanismo. O acontecimento é produzido pela personagem com agudo grau de consciência crítica da realidade, uma vez que na negociação da realidade é possível obterem-se resultados efetivos e significativos. A valorização dessa consciência reside na adoção do lema "sem armas e violência" e na sua atitude em considerar, alegoricamente, que as únicas armas possíveis estão nos próprios indivíduos, e daí prezar os doentes como resolutos guerreiros; por isso, defende a necessidade de uma ação humana consciente, pressupondo o reconhecimento e a valorização do *outro*, dado que a realização desses objetivos "existe, fundamentalmente, como meio de comunicação, como maneira de expressar, articular interesses, objetivos, sentimentos e aspirações *para o mundo*". (VELHO, Gilberto. *Individualismo e Cultura*: notas para uma Antropologia da sociedade contemporânea. Rio de Janeiro: Zahar, 2003, p. 316. Grifos no original).

Já a noção de viagem extrínseca, como estratégia retórica, traz como simbolismo o caráter transitório das coisas, a idéia de que a existência possui um início e um fim, e que somos todos passageiros.

Tomada em sua dramaticidade como o lugar em que se narra a história das ações e das trajetórias individuais, as representações ali construídas são atravessadas pela noção de cultura e sociedade. A cultura corresponde à maneira criativa como os indivíduos se relacionam com o mundo, permitindo formas distintas de construção dessa mesma realidade. Já a sociedade se realiza como o produto das relações que os indivíduos mantém entre si num processo interativo e comunicacional contínuo.

Para ilustrar essa dinâmica, recorro à presença, na performance textual do romance, das três personagens identificadas como as principais protagonistas da narrativa: Pilin, Velho Aníbal e Suzel. Considero-os como exemplo de intelectuais na acepção que lhes dá Norberto Bobbio, isto é, aqueles que, como ideólogos, são "os que fornecem princípios-guia". (BOBBIO, Norberto. Intelectuais e poder. In: *Os intelectuais e o poder*. São Paulo: Editora Unesp, 1997, p. 118).

Um dos valores consagrados pela personagem Pilin é a tolerância. Essa condescendência é descrita e valorizada pelo narrador como condição indispensável ao desencadeamento de uma trajetória que rompe com a visão de mundo alicerçada no cultivo de valores absolutos. A busca da tolerância, da compaixão, são virtudes que estão contidas nos cuidados excessivos com o *outro*. Pilin, ao decidir que "os velhos e os doentes são partes inseparáveis da humanidade" (p. 41), ou ao procurar dar um enterro digno às personagens Tia Coló e ao mateiro Tobias, ou ao manifestar cuidados com a tripulação, ou, ainda, seus esclarecimentos sobre a inexistência do lugar ideal e da necessidade de buscá-lo "dentro de nós mesmos", demonstra serem esses valores a tradução de que é possível interpretar o mundo humano como "uma luta de *vontades individuais ou coletivas*, perpetuamente renovadas e em incessante conflito". (BERLIN, Isaiah. *Limites da utopia*: capítulos das histórias das idéias. São Paulo: Companhia das Letras, 1991, p. 47-48. Grifos meus).

Esse desejo individual é manifestado ainda em Velho Aníbal. Seduzido pela mensagem de Suzel, integra-se à "grande retirada". Dotado de um saber e de uma experiência singulares na manipulação de ervas medicinais, fez disso sua família, seu mundo, enfim, seu instrumento de ação social: "Com elas se sentia importante e útil na comunidade" (p. 36). Apesar disso, Velho Aníbal é um homem reservado. Sua reserva não elimina, todavia, sua vontade de tratar dos pacientes através de experiências farmacológicas. No trabalho, durante a viagem, demonstra todo o cuidado com os pacientes e os sadios, no sentido de evitar a estes o contágio: "Pra não deixar os desta família perdidos, tive que procurá-los e convencê-los, ... de que chegarão sãos e salvos da doença feia". (p. 203).

Na essência dessa relação reside o princípio antropológico segundo o qual nos reconhecemos no *outro*. Por isso, sua visão de mundo contém a necessidade da obtenção de uma consciência crítica voltada para a melhoria da condição humana. Esta advirá somente através do cultivo do espírito humanista que se encarregaria de dar sentido ao propósito antropológico acima referido. Na intuição de Pilin:

> Estava certo de que o mutismo de Aníbal era estudado e programado. ... Travestido de Pajé, Aníbal manipulava as plantas medicinais com uma consciência de quem dominava a botânica, a farmacologia, a medicina ... 'E ainda interpreta com muita sensibilidade, a Serenata, de Schubert' (p.168).

Ou, ainda, neste trecho historiado pelo narrador:

> Seu sexto sentido não falhara. Ali estavam anotadas, minuciosamente, as observações clínicas de todos os doentes, dia a dia, alguns com anotações horárias. A folha do Tapioca apresentava anotações em letras maiúsculas e sublinhadas: *Deu certo. Curado*. Pilin deteve-se mais em um dos blocos, que trazia por título: Regressão da doença. Vinham primeiro algumas considerações gerais sobre os tipos de lepra ... pra logo abaixo indicar a experiência a que fora submetido ... Em letras maiúsculas, duas observações comuns a todos: doença em regressão; risco de contágio eliminado. Sentado (sic) ao lado de Pilin, Suzel se absorvera na leitura do bloco intitulado: Profilaxia. Passava a entender por que, durante muitas semanas, a água que tomava tinha gosto ligeiramente travoso. Segundo as anotações, algumas gotas da mistura de extrato das ervas previniriam o contágio. (p. 195). Grifos no original).

Descobre-se, em Aníbal, a tarefa do intelectual como mediador, pois reforça para si e para os outros a consciência de que a vida é mediada pelas diferenças, sem que estas devam ser jamais absolutizadas. Sua maior importância reside em que, ao vivê-la, em sua transitoriedade, não devemos gozá-la somente em nosso próprio benefício.

Entre os valores que buscam a regeneração dos seus pares, se inclui ainda a aquisição do conhecimento que, no texto literário de Sant'Ana Pereira, apresenta-se como um fator de mudança com caráter positivo ou negativo.

Em seu sentido positivo, essa experiência pode ser colocada a serviço de uma causa, motivada pela insatisfação pessoal ou pelo desejo de desestabilizar um determinado contexto social que se apresenta como "natural". Assim, a personagem Suzel, nascida em Marajó e formada em Filosofia pela Universidade de Sorbonne, ao chegar a Belém, às vésperas do início da luta armada da Cabanagem, vivencia o que se pode denominar de "os efeitos da experiência" de aquisição do conhecimento.

> Quando voltei da França um ano e meio atrás, já não agüentava mais a monotonia da Província, tudo acomodado, nada de novo acontecendo, as moças da minha idade muito compenetradas de sua vocação de madonas, sem voz ativa dentro e fora de casa, sempre à espreita de um partido qualquer para casar. Ou eu voltava para de onde estava vindo ou acabaria estourando os nervos. Foi aí que me chamou a atenção um pasquim de autoria do cidadão Vicente Ferreira Lavor Papagaio. Ali estava um homem de luta, corajoso, irreverente, bem a nível das minhas próprias idéias. ... Para desespero de minha família, houve dias em que não apareci em casa. Integrei-me de corpo e alma no lançamento do primeiro número do jornal 'Sentinela Maranhense na Guarita do Pará'. Participei de todos os momentos do jornalzinho. De minha lavra foi o verso de abertura das colunas, assim: 'Sem rei existe um povo sem povo não há nação: os brasileiros só querem Federal Constituição'.

> O jornal se propunha defender intransigentemente a liberdade e os direitos do povo. ... Nosso objetivo imediato era fazer oposição cerrada ao governo de Malhado, presunçoso, incompetente e arbitrário. (p. 67-68).

De acordo com o fragmento, é possível argumentar que a crença na idéia de revolução, como elemento de transformação social, constitui-se na possibilidade de fundação de uma nova sociedade. Por outro lado, o trecho traduz a consciência que o intelectual deve ter de sua tarefa como intérprete da sociedade. Não apenas isso: revela que a ação de Suzel está pautada pelos ideais da Revolução Francesa.

Configura-se, ali, uma das exigências reclamada por Norberto Bobbio ao referir-se à função do intelectual. Para ele, em vez de tratar as idéias como algo dado, é necessário saber "que influências as idéias exercem sobre as ações, se essa influência existe, e em que medida".(BOBBIO, *op. cit.* p. 70-71).

Ora, no contexto acima tratado, as influências estão contidas na trilogia "liberdade, igualdade e fraternidade", cujo valor, nascido na Europa em fins do século 18, se espraia por todas as regiões das Américas, inclusive a Amazônia. É nesta presença regeneradora e iluminista – diria salvadora – objetivando sedimentar valores absolutos que a personagem investe. Ela é movida quer por sua insatisfação pessoal, quer pelo clamor por liberdade de toda uma sociedade – a da Amazônia do fim do século 18 e início do 19 – para fazer frente ao jugo da servidão a que estava submetida. Nesse sentido, a última parte do fragmento é conclusiva.

Devo observar, por outro lado, entrecortando tais experiências e influências, que o que está em jogo é o conflito de valores contido no trabalho do intelectual. Assim, embora Suzel tenha possibilitado em sua perspectiva de intelectual tradicional e humanista a execução do projeto de busca da "terra prometida", esse fato não a isenta de que sua trajetória individual seja atravessada de percalços, de dúvidas e paixão na luta pelo seu ideal, segundo relata o narrador:

> Tivesse que recomeçar a pregação, talvez não mais o fizesse. Assaltava-lhe a dúvida. Metera-se na empreitada em momento de pura empolgação. Tinha que reconhecer, após dias de meditação, que fora por demais crédula no Lavor e no Vinagre. Empolgara-se com a idéia de Cabânia além dos limites da sensatez. (p.112).

O conhecimento, enquanto experiência de mediação, também pode assumir propriedades positivas quando relacionado ao afeto e ao sentimento. Quando, na trama narrativa, Suzel pressiona Pilin a revelar sua verdadeira identidade, este, ao fazê-lo, observa-lhe, no entanto, que "a necessidade advém do conhecimento. Ora, se não conheço, não sinto necessidade" (p.123). Com tal afirmativa, o que ele busca nesse momento é encontrar uma justificativa para o drama pessoal vivido. O drama adveio do fato de ter conhecido Suzel, que desde o primeiro momento despertou-lhe a paixão, sentimento nunca antes experimentado devido à sua condição de padre, constituindo-se na causa principal de seu dilema interior.

É revelador que em sua argumentação esteja presente, também, a idéia de sacrifício como condição para se adaptar a novas realidades encontradas na viagem à "terra prometida". Por isso assume novas formas de comportamento, talvez como possibilidade de encontro consigo mesmo. Em contrapartida, sua afirmação permite que o conhecimento, enquanto forma de comunicação, adquira uma dimensão negativa. A negatividade reside no fato de que, ao ser colocado em uso, esse conhecimento acaba conduzindo a uma prática discursiva que permite falar em nome dos outros. Com isso, o que sugere com seu argumento é a necessidade de desestabilizar o discurso do intelectual, ou seja, do sujeito que se propõe falar em nome do *outro*, de um grupo ou de uma classe, reforçando, assim, o poder como instrumento de dominação social. Um bom exemplo dessa (des)absolutização do discurso pode ser encontrado neste fragmento:

> Passei a conviver na comunidade de acordo com seus usos e costumes. Adotei-lhe a linguagem típica e a estrutura de raciocínio. Com o passar do tempo ninguém suspeitaria que ali não houvesse nascido. Você chegou. Com uma estranha história. Assim como os outros, fiquei retrancado na resistência, desconfiado. A vida que levávamos era boa. Por que mudar? Intelectuais, como você, têm todos mania de achar que caboclo, coitado, não vive, vegeta, não tem nada, só filho e doença, come mal, é preguiçoso e improdutivo. ... Garanto que qualquer caboclo vive melhor e é mais feliz do que aqueles que moram em mansões e palácios. Caboclo costuma dizer: 'Pra não ter nada, já tenho o suficiente'. Intelectual diz que caboclo é acomodado e fatalista. E não é nada disso. Caboclo é antes de tudo um sábio, que vive a natureza. (p. 122-123).

A posição do narrador na seqüência narrativa a favor do caboclo, fortalece a semelhança – guardadas as proporções – entre o tipo humano amazônida e o sertanejo, que Euclides da Cunha em *Os Sertões* afirmara constituir-se "no 'cerne' ou 'rocha viva' da nacionalidade" (MOREIRA LEITE, Dante. Grandeza e miséria dos Sertões: In: *O caráter nacional brasileiro.*

4ª ed. São Paulo: Pioneira, 1983. p. 230).

O fragmento reforça ainda o fato de que a dinâmica cultural das sociedades humanas não deve ser fundada unicamente em relações de dominação e subordinação entre indivíduos e grupos sociais, desembocando no velho e conhecido culto à desigualdade, mas tão-somente no fato de que os saberes são sempre locais e, assim, "deve[m] ser compreendido[s] 'etnograficamente'". (GEERTZ, Clifford. Como pensamos hoje: o caminho de uma etnografia do pensamento moderno. In: *O saber local:* novos ensaios em antropologia interpretativa. Petrópolis: Vozes, 1999. p. 227).

O processo cultural envolve, também, como tenho advertido ao longo do estudo, relações de saber que se expressam sob formas diferenciadas de apreensão da realidade. É, porém, a negação às relações de saber, ou seja, ao reconhecimento das diferenças sociais que irá possibilitar o trânsito dos atores individuais em universos simbólicos distintos, ambíguos, fazendo-os perceber os campos de possibilidades de reinvenção de suas realidades. Assim, se o cultural corresponde ao social, a organização do social e sua dinâmica não podem ser apreendidas como totalidades únicas e lineares, e sim como campos de escolhas entre indivíduos e grupos, que constituem marcas de suas diferenças e identidades.

A trajetória individual das personagens-protagonistas no *continuum* da narrativa conduz à noção de "campo de possibilidades" como lugar que permite a materialização de alternativas múltiplas, tornadas possíveis graças ao componente simbólico da ação dos atores individuais.

Suzel, filósofa, impregnada de determinados valores enquanto sujeito individualizado e ser psicológico, encarrega-se de, em meio à sua história individual, imprimir ao romance o culto à noção de coragem, desprendimento e perseverança, como valores modelares a serem seguidos. A crença e a busca desses valores são atravessadas, no entanto, por situações em que a personagem manipula diferentes identidades: de intelectual a legionária, de legionária a aventureira em busca do desconhecido, e desta a donzela e mulher apaixonada. Em todas as "travessias", suas ações e decisões são construídas a partir de sua visão de mundo em confronto com outros universos.

O diálogo e o trânsito que estabelece com a realidade, ao vivenciar os vários papéis sociais, constituem, portanto, a marca da mediação, da fluidez e da ambigüidade presentes na busca da personagem de sua individualização ou, em vez disso, de sua desindividualização.

Do mesmo modo, Pilin participa desse jogo performático em que as identidades são sempre identidades virtuais, isto é, lugar e referência e, assim, um processo destituído de qualquer dimensão real, uma vez que são projetadas para outro lugar, outro espaço, um tempo não real.

Durante as pregações de Suzel, Pilin torna-se intérprete das mensagens por ela proferidas. Para isso, utiliza-se de parábolas – indício de um discurso teológico – permitindo a inteligibilidade mais efetiva das mensagens e raciocínios diante daquele grupo populacional amazônico. Na dialética estabelecida, já vivencia a dimensão segundo a qual "os indivíduos se fazem, são constituídos, feitos e refeitos através de suas trajetórias existenciais". (VELHO, Gilberto. *Projeto e Metamorfose*: antropologia das sociedades complexas. Rio de Janeiro: Zahar, 2003, p. 8).

A tensão entre a permanência e a mudança, segundo relata o narrador, pode ser melhor percebida no momento em que Pilin experimenta tornar-se um nativo, apropriando-se da linguagem local em seus atos de fala cotidianos. A ação transcorre no momento em que, recorrendo à sua condição de ex-frade franciscano, o faz "dando margem a que suspeitasse de *outra* identidade" (p.103. Grifo meu).

> – A senhora num sabe, dona Suzel. – Esclareceu Pilin. – Essa gente paresque nunca teve escola. Num adianta falar que o governo quer levar eles pra um lugar salubre e exuberante. Num adianta falar que o governo quer que fiquem juntos, unidos e fortes, como uma grande família ou uma pequena nação. Eles num sabe o que é governo. Eles num sabe o que é nação. Tem que dizer que a senhora, não o governo, quer levar eles prum lugar igual a este só que num tem paludismo, num tem tísica, num tem lepra, os rios têm tanto peixe como os daqui, só que num têm piranha nem têm arraia. Eles gostam daqui, num viram nada melhor, num tem com que comparar. (p. 14)

O percurso da história individual de Pilin caracteriza-se em ora "falar como caboclo", ora "pensar como intelectual" ou conhecer os desejos da libido, os valores seculares reprimidos, chegando a assumir, no percurso, a identidade do herói. Tradicionalmente, como observei, a saga do herói é construída em três tempos contínuos: o da partida, o da realização e o do retorno. Este sempre se apresenta como etapa impregnada de uma positividade. No romance em questão, o retorno do herói é expresso alegoricamente pela *mensagem* que ele propõe na trama: "eu sei amar sem que me importe que alguém me ame" (p.224). Dessa forma, a vitória do amor ao próximo emerge em toda a sua plenitude como um dos elementos estruturantes e salvacionistas da viagem a Cabânia, isto é, da conduta organizada vivida sobre as águas.

Com isso, a idéia defendida pela personagem – um princípio moral e eticamente desejável – é aquela segundo a qual "Está no interior de cada um a capacidade em reconhecer os valores da vida, para além da preservação do corpo e das ocupações materiais do dia-a-dia" (CAMPBELL, Joseph. O poder do mito. 22 ed. São Paulo: Palas Athena, 2004, p.157).

Assim, quando Pilin é inquirido por Suzel quanto ao retorno, revela aquela dimensão existencial de forma conclusiva:

> – Você não vem?
> – Para onde?
> – O Velho vai levar-nos para o Palhaço!
> – Pilin cerrou os olhos. Suzel desesperou-se. Gritou, descontrolada.
> – Já é noite. Vamos embora.
> – Pilin abriu os olhos e respondeu:
> – Agora que encontrei Onira não sei se devo ir. (p.237)

A capacidade de escolha, portanto, relaciona-se à noção de projeto (Para Gilberto Velho, "o projeto é algo que pode ser comunicado... Não é nem precisa ser um fenômeno puramente subjetivo... Para existir precisa expressar-se através de uma linguagem que visa o outro, é potencialmente público" - Cf. VELHO, Gilberto. *Individualismo e cultura*: notas para uma Antropologia da sociedade contemporânea. Rio de Janeiro: Zahar, 1981, p. 27) seja de natureza individual, seja coletivo. No caso que estou considerando, trata-se da noção de projeto enquanto corpo de idéias e de organização coletivas. Uma vez sendo produto de ações conscientes e individuais e também coletivas, deve estar voltado ao *outro*. Mesmo ao assumir pretensas características homogêneas, sua realização, na prática, é suscetível a diferenças, tanto no que diz respeito às suas interpretações quanto em relação à presença de hierarquias, de *status* e papéis sociais, e de situações marcadas pelo imprevisível e o circunstancial. Assim, se os permanentes deslocamentos possibilitam as potencialidades individuais de modo a transformar o indivíduo em sujeito cultural, tais deslocamentos revelam-se também como espaços de reinstauração das diferenças e das contradições sociais.

Todas essas elaborações culturais realizam-se sob o signo da exteriorização do mito utópico-salvacionista. Este, ao ser exteriorizado através do imaginário social e do cotidiano de uma comunidade da Amazônia, refaz-se e, ao assumir essa condição, anula o caráter de uma temporalidade a-histórica na qual está envolto e que tende a negar possíveis mudanças sociais.

Por outro lado, a visibilidade do mito ali encontrada somente tornou-se possível através da mediação do rito enquanto drama social, uma vez que no universo do rito "as coisas são ditas com mais veemência, com maior coerência... Os rituais seriam, assim, os instrumentos que permitem maior clareza às mensagens sociais." (DAMATTA, Roberto. Introdução. In: VAN GENNEP, A. *Os ritos de passagem*. Petrópolis. Vozes, 1978, p.65). Dessa forma, a essas mensagens sociais veiculadas na textualização de Sant'Ana Pereira, como estratégias retóricas utilizadas pelo narrador, denomino-as de princípios salvacionistas, no sentido de que, uma vez levados em conta, possibilitam obter as mudanças individuais desejadas como condição de transformação social. Assim, valores como tolerância, compaixão, humanismo, amor ao próximo, conhecimento interior estão na base da construção do novo homem empreendida na narrativa, contribuindo para uma leitura mais espiritualizada da idéia de nação. Como símbolos que são, ao serem atualizados na cotidianeidade nacional, possibilitam, também, a emergência de ações sociais múltiplas entre sujeitos e categorias sociais distintos, viabilizando a criação de novas realidades, de campos de possibilidades, com vistas à elaboração de novas performances individuais, bem como de outras formas de significação.

Devo observar porém que, se o percurso até Cabânia evoca aqueles significados, a chegada assinala, na narrativa, o fracasso do narrador em não conseguir imprimir à sua leitura do nacional, uma dimensão pedagógica de matriz holística e linear, catalisadora de todas as diferenças sociais. Em vez disso, a narrativa, ao final, reafirma ser o discurso da nação constituído, também, de fraturas, sujeições e desigualdades, todas apreendidas como instâncias simbólicas do cotidiano nacional: divisão de classes, organização e repressão do poder, corrupção, violência física e moral.

Como estratégia textual para demonstrar essa realidade, o narrador opera um deslocamento metafórico na imagem de Cabânia que, de *status* de terra da promissão na qual os indivíduos viveriam a igualdade absoluta, metamorfoseia-se em lugar da desordem e do sofrimento, isto é, "de paraíso, Cabânia virara inferno" (p. 228). Rompe-se o "plebiscito diário", inspirado no desejo de experimentar uma vida em comum, fazendo ver as contradições e fissuras do nacional. Ora, o que está em jogo nessas elaborações culturais, ao narrarem o nacional, é a noção do tempo enquanto realidade mítica e enquanto instância que revela situações cotidianas da nação.

O tempo do mito, vimo-lo, não constitui apenas parte intrínseca da natureza, no sentido de tratar-se de realidade imutável; trata-se antes do lugar em que a vida social acontece. Sua dinâmica advém, portanto, da noção de que "nós *criamos o tempo* através da criação de intervalos na vida social". (LEACH, E. R. Dois ensaios a respeito da representação simbólica do tempo. In: *Repensando a Antropologia.* São Paulo: Perspectiva, 1974, p.207. Grifos no original).

Nesse sentido, o tempo intrínseco à narrativa mítica constitui-se uma realidade que *conta* determinados acontecimentos do cotidiano, acelerando o processo histórico e, assim procedendo, narra também situações cotidianas da vida nacional.

Dado que se relatam acontecimentos da vida nacional – lembremos das experiências vividas pelas personagens-intelectuais e segmentos do povo, isto é, das margens, na viagem a Cabânia –, o tempo cotidiano do simultâneo opõe-se ao do memorável, ao tempo "homogêneo, linear e vazio", enquanto espécie de substituição dos acontecimentos velhos por outros, mais novos, que mudam os precedentes instaurando, por assim dizer, uma tensão entre duas formas de narrar a nação. De um lado, a nação pedagógica, baseada no tempo escatológico, causal, contínuo e cumulativo, que constitui a imagem totalizante e coesa da nação, na qual as diferenças são encapsuladas em um único sentido; de outro, a nação enquanto narrativa, ligada à valorização do ato de narrar, à pluralidade, disputa e negociação das formas discursivas produzidas por sujeitos localizados nas margens da nação.

É desse modo que, para Homi K. Bhabha, a narrativa da nação será resultante da tensão entre aquelas duas temporalidades, constituindo o que ele nomeou de "o tempo duplo e cindido" (BHABHA, Homi K. DissemiNação: o tempo, a narrativa e a imagem da nação moderna e o Compromisso com a teoria. In: *O local da Cultura*. Belo Horizonte: Editora UFMG, 1998, p. 204), isto é, o cruzamento entre o tempo da duração e o do descontínuo. Segundo ele, a ambivalência da narrativa nacional ocorre no instante em que se tem a realidade temporal ancorada no memorável e, também, na possibilidade de visualizar essa mesma realidade temporal, porém situando-a em um tempo sem duração, uma vez que, na forma narrativa imaginada, seu espaço não tem um lugar definido.

Creio residir ali uma relação desse espaço sem lugar com o mito utópico-salvacionista aqui tratado. Dessa maneira, a realidade do mito apresenta-se, tanto quanto a idéia de nação do tempo sem duração, como campos de possibilidades, no sentido de permitirem a construção social de novas realidades e, assim procedendo, *dizem* da nação de um espaço sem lugar, o que significa possibilitar a criação da performance como geração do novo.

Assim, se o romance *Cabanos Capital Cabânia* revela a temporalidade performática do nacional, através de cenas construídas e associadas à dinâmica da vida nacional, o referido texto não descarta, em sua urdidura, o viés pedagógico. Aliás, é em busca da totalidade histórica pronta e acabada, geradora da idéia do "muitos como um" que o romance, ao ficcionalizar a Cabanagem, manipula determinados acontecimentos históricos, objetivando negar a contradição histórica. Nesse sentido, como observei, a visão da Cabanagem, por parte do narrador, é a da sua rejeição, bem como de toda e qualquer idéia de revolução como signo de transformação social. Dessa forma, a Cabanagem não comporta um processo de lutas sociais significativas dentro de um *continuum* de tensões, como propõe a historiografia contemporânea (SALLES, Vicente. *Memorial da Cabanagem*. Belém: Cejup, 1992. PINHEIRO, Luís B. Sá Peixoto. *Nos subterrâneos da Revolta*: trajetórias, lutas e tensões na Cabanagem. São Paulo: PUC-SP, 1998, tese de doutorado, História; e *Visões da Cabanagem*. Manaus: Valer, 2001), e sim que ela precisa ser apagada da lembrança da comunidade amazônica, por representar o dissenso, devendo ser, por causa disso, corrigida. Portanto, a correção dessa fratura somente será possível através da busca da totalidade, tornada exeqüível por intermédio do que denominei de atualização do mito utópico-salvacionista.

Se a legitimidade do Estado Nacional alicerça-se na categoria povo, na nação pedagógica o povo tende a reduzir-se ao uno, à ilusão de homogeneidade interna. E é por isso que o percurso a Cabânia corresponde à trajetória do arrebatamento de diversas categorias de indivíduos, constituindo-se numa imagem messiânica e salvacionista, à medida que os incorpora a uma totalidade única, em busca da sociedade perfeita.

Uma vez, porém, que a viagem a Cabânia desenvolve-se como espécie de performance ritual, com ênfase na criatividade cultural das personagens, conforme notei, e no estimulo à imaginação de "*formas possíveis de intervenção social*" (RAVETTI, Graciela & ARBEX, Márcia, org. *Performance, exílio, fronteira*: errâncias territoriais e textuais. Belo Horizonte: Editora UFMG, 2002, p. 62. Grifos no original), verifica-se a constatação lenta e gradual de que a nação, enquanto narrativa, não constitui a totalidade como realidade pronta e acabada, e sim que essa totalidade é produto de uma construção, em cujos espaços as diferenças são mediadas pelas ações e intervenções de sujeitos na cena social, alinhavadas no cotidiano nacional vivido pelas personagens. Dessa forma, desmistifica-se a concepção de povo na escrita do nacional unicamente como espaço homogêneo e unitário, dando margem para que o seu lugar nas cenas imaginativas da nação possa ser apreendido num "tempo duplo", ou seja, como objeto de uma pedagogia, mas também, e sobretudo, como sujeito de uma performance, "como contemporaneidade, como aquele signo do *presente* através do qual a vida nacional é redimida e reiterada como um processo reprodutivo" (BHABHA, *op. cit.,* 1998, p. 207. Grifo no original). Nisso se baseia a esfera de significação sobre a qual a escrita da nação de Sant'Ana Pereira deve ser apreendida: uma realidade que traz à cena social a tensão entre o desejo de essencializar a idéia de nação, atribuindo-lhe uma realidade objetiva, de um lado, e, de outro, a necessidade de desessencializá-la, percebê-la como forma de ação resultante de arranjos e rearranjos culturais. Assim, a nação se torna "um agente de narração ambivalente que detém a cultura em sua posição mais produtiva, como uma força para 'subordinar, fraturar, difundir, reproduzir – tanto quanto produzir – criar, forçar, guiar'". (BHABHA, Homi K. Narrando a nação. In: ROUANET, Maria Helena, org. In: *Caderno da Pós Letras*. Nacionalidade em questão. Rio de Janeiro: Editora UFRJ, 1997, p.55).

É essa dimensão não-linear da realidade que permite que a leitura do nacional, enquanto estratégia narrativa fundamentada nas culturas locais, como instância de poder e de saber, atribua a essa idéia de nação o estatuto de uma invenção. Não no sentido de tratar-se de "não verdadeiro" e sim de que o seu caráter ficcional "depende para sua existência de atos coletivos [e individuais] de imaginação" (FIGUEIREDO, Vera Follain de. Em busca da terra prometida. In: ANDRADE, Ana Lúiza. *Et al Leituras do Ciclo*. Chapecó: Grifos, 1999, p. 239).

Em vista disso, o mito utópico-salvacionista veio preencher aquela função, através de sua eficácia simbólica, expressando-se por meio do rito e do drama social. Impele os indivíduos à ação, fazendo ver que, por detrás da aparente cristalização de sentido, é possível acionar o "motor da história" e construir a sociedade nacional. Portanto, *Cabanos Capital Cabânia*, ao narrar o nacional em sua ambivalência, *recria* uma Cabanagem imaginária a partir da restauração do ideal particular de alguns líderes da Cabanagem, apontando também para o ideal coletivo. Com isso, o autor permite que a ficção se apresente como realidade que suplementa o discurso historiográfico.

Embora a realização empírica do mito utópico não seja alcançado, sua experimentação traduz-se na invocação à possibilidade de construção de um novo homem amazônico, apreendido em suas particularidades, como condição primeira da mudança e da transformação da realidade nacional.

Assim sendo, a utilização do campo de possibilidades como "potencial interpretativo do mundo simbólico da cultura" (VELHO, Gilberto. *Projeto e Metamorfose:* Antropologia das sociedades complexas. Rio de Janeiro: Zahar, 2003, p. 28) faz com que os atores individuais recomponham a dinâmica histórica através do mito. Nesse sentido, a imagem do deslocamento sobre as águas – espécie de alegoria da salvação diante de todos os naufrágios da criatura humana (a esse respeito, ROSÁRIO, Ubiratan. *O salvacionismo brasileiro*. Belém, 1985. Mimeo, p.10, ao analisar o Círio como expressão cultural amazônica e esteio de identidade regional, hoje, elevado à condição de símbolo do patrimônio imaterial da Cultura Brasileira, define-o como "a alma humana buscando alívio. É a arca contra o dilúvio da vida, mesmo o dilúvio amazônico") – simboliza o sentido do espaço-nação como entre-lugar, desestabilizando toda e qualquer instância do social como realidade fixa.

---

* O presente ensaio faz parte do livro *Cabanagem Narrativas da Nação*, estudos de Literatura Comparada (p.213-244), originalmente apresentado como Tese de Doutorado, na Universidade Federal de Minas Gerais, Faculdade de Letras, Belo Horizonte (MG), 2005. Impresso nas oficinas da Gráfica da UFPA, Belém-PA, 2008. O Autor, Dedival Brandão da Silva, é paraense, natural de Monte Alegre, e desde 1960 reside em Belém. Graduou-se em História e Letras pela UFPA, onde se especializou em Teoria Antropológica. Fez Mestrado em Antropologia Social (UFGRS), Doutorado em Letras/Literatura Comparada (UFMG). Lecionou Antropologia Social, Cultura Brasileira e Língua Francesa na UFPA. É autor de *Os tambores da Esperança* (1997) e de artigos sobre cultura, literatura e educação. Atualmente, é antropólogo e professor de língua francesa, desenvolvendo projetos na área de ensino de língua e cultura brasileiras para estrangeiros.

Esta obra foi impressa pela Gráfica EME, Av. Brig. Faria Lima, 1080, V. Fátima
Capivari-SP, para a Associação Cultural LetraSelvagem em março de 2009